# H.P. LOVECRAFT

세상에 맞서, 삶에 맞서

# H. P. LOVECRAFT

## 세상에 맞서, 삶에 맞서

# 차례

| 일러두기 |

1. [스티븐 킹 註]와 [우엘벡 註] 외의 각주는 옮긴이 주이다.

2. 본문과 각주에 나오는 단행본의 경우, 국내 기출간된 도서는 대부분 번역된 대로 표기하였다. 다만 미출간된 도서는 통용되는 제목이 있을 경우 그에 따랐고, 그렇지 않은 경우는 번역자가 직접 번역하였다.

3. 본문에서 러브크래프트의 소설과 편지, 그 밖의 다른 영어권 작가들의 글이나 문장 등을 인용한 부분은 우엘벡의 프랑스어 번역문뿐만 아니라 기존의 영어 원문을 함께 참고하여 우리말로 옮긴 것이다.

# 서문

---

## 러브크래프트의 베개

스티븐 킹

미셸 우엘벡의 긴 산문 《H. P. 러브크래프트: 세상에 맞서, 삶에 맞서》는 비판적인 통찰력과 아무런 조건 없이 열렬하게 옹호하는 마음, 그리고 애정 어린 전기傳記의 특징이 놀라우리만큼 한데 잘 어우러진 작품이다. 이는 한 편의 학술적인 러브레터이자 어쩌면 세계 최초로 누군가에게 아주 지적인 방식으로 애정을 표현한 편지라고 할 수 있다. 문제는 과연 그 대상이(러브크래프트가ㅡ옮긴이), 보통은 지독한 냄새를 풍기는 고인 물이나 각주脚註가 무성하게 우거져 있어 쑥대밭과 다름없는 전기의 작업환경 속에서 이렇게나 다채로우면서도 예기치 못한 폭발력을 지닌 우엘벡의 독창성을 누릴 만한 가치가 있느냐는 것이다. 만약 새뮤얼 존슨Samuel Johnson이 세상을 떠난 지 이미 오래된 데다가 펄프 매거진[1]에나 글을 쓰는 작가였다면 제임스 보즈웰James Boswell이라는 훌륭한 전기 작가의 영광을 누릴 수 있었을까?[2]

우엘벡은 H. P. 러브크래프트라면 그럴 만한 가치가 있으며 심지어 그는 21세기에서도 굉장히 의미 있는 인물이라고 말한다.

그리고 공교롭게도 나는 그의 주장이 아주 일리가 있다고 생각한다.

"작가님도 겁이 난 적이 있나요?"

---

1 20세기 초 미국에서 싸구려 갱지에 인쇄되어 권당 10센트 정도에 팔리던 삼류 소설 잡지. 펄프 매거진에 실리는 소설을 가리켜 '펄프 픽션pulp fiction'이라고 불렀으며, 탐정물이나 공포물, 판타지물 등의 장르문학이 주를 이루었다.
2 18세기 영국의 시인이자 평론가인 새뮤얼 존슨이 1784년 세상을 떠나자 그를 스승처럼 따르던 제임스 보즈웰은 《새뮤얼 존슨의 생애The Life of Samuel Johnson》(1791)라는 제목의 전기를 출간한다. 이 작품은 세심한 관찰과 상세한 서술로 세계 전기 문학사에 한 획을 그었다는 평가를 받는 동시에 보즈웰이 지나치게 주관적인 기준으로 존슨을 일종의 영웅처럼 묘사한 신화에 가깝다는 비판을 받기도 한다. 한편, 1917년 러브크래프트는 〈새뮤얼 존슨 박사를 회상하며〉라는 단편을 발표한 바 있다. 소설의 화자는 러브크래프트 자신인데, 본인은 사실 1690년 영국에서 태어났지만 '1890년 미국에서 태어난 청년'이라는 거짓 신분으로 살고 있으며 1738년 보즈웰의 소개를 통해 런던에서 존슨을 알게 되어 그들과 함께 문학 클럽을 꾸리며 어울려 지냈다는 설정이다.

기괴하거나 섬뜩하고 초자연적인 주제를 다루는 작가라면 누구나 한 번쯤은 아니 골백번은 받아봤을 법한 질문이다. H. P. 러브크래프트 또한 이러한 물음에 답을 해야 했을 것이며, 그러면 똑같은 질문을 몇 번이나 계속해서 받더라도 정중하게 **예의를 갖춰** 대답했을 것이다. 몇 년 전 참석했던 세계 호러 컨벤션[3]에서는 어떤 한 작가가 이런 질문을 다음과 같이 받아치는 일이 있었다. 러브크래프트라면 절대로 이렇게는 대꾸하지 못했을 것이다.

"나도 오줌을 싸본 적이 있냐고 물어보는 겁니까?"

분명 품위는 떨어지지만 달리 생각해 보면 그렇게 형편없는 대답도 아니다. 그도 그럴 것이 이 분야에 잠깐이라도 몸을 담가본 작가라면 본인도 무서운 기분을 느껴본 적이 있을 것이기 때문이다. 일생을 탄광에 바쳐 작업하는 사람은 기침을 쿨럭거리기 마련이다. 기타를 연주하는 사람의 손끝에는 거친 굳은살이 박혀 있다. 사무실 책상에 앉아 일하는 사람은 중년의 나이가 되면 대부분 등이 구부정한 자세로 걷게 된다. 직업마다 감수해야 하는 위험이 있는 것이다. 호러 소설 작가의 경우, 본인의 상상이 어쩌다 한번 유별나게 실감

---

3 World Horror Convention. 세계 호러 협회의 주관 아래 미국과 캐나다를 중심으로 1991년부터 매년 호러 소설 작가나 관련 출판업계 종사자 및 영화 제작자, 그리고 일반 팬들이 모여 정보를 교류하고 소통하려는 목적으로 개최됐다. 2016년 미국 유타주 프로보Provo에서의 제26회 행사를 끝으로 현재까지 더 이상 열리지 않고 있다.

이 날 때가 있다. 이 바닥에서 일하는 우리에게는 일상인 일이라 대부분은 짧게 스치듯 지나가는 **몸의 전율**을 그렇게 신기하게 생각하지는 않는다. 광부가 기침 소리를 듣거나 기타리스트가 손끝에 박인 굳은살을 보는 것과 다르지 않은 셈이다. 그러나 우리는 이와 관련하여 또 다른 질문을 던져볼 수 있다. 호러 소설과 초자연적 소설을 전문적으로 쓰는 작가들에게 차마 글로는 담아낼 수 없을 정도로 무서운 생각을 떠올려본 적이 있는지 물어보자. 그들의 눈빛은 곧바로 번쩍거릴 것이다. 그도 그럴 것이 그때부터는 더 이상 뻔해 빠진 직업병에 관하여 물어보는 것이 아니라 **그들이 실제로 어떤 일을 하는지에 대해 이야기하는** 것이므로 절대로 지루할 수가 없기 때문이다.

나에게도 적어도 한 번인가는 그런 생각이 떠오른 적이 있다. 아주 오래전이라 지금은 기억이 까마득하지만 1979년 세계 판타지 컨벤션⁴에 처음으로 참석했을 때 있었던 일이다. 컨벤션 행사는 마침 H. P. 러브크래프트의 고향인 프로비던스에서 열리는 중이었다. 토요일 오후, 나는 아무 생각 없이 여기저기를 돌아다니다가 (물론 러브크래프트도 언젠가 한

---

4 World Fantasy Convention. 1975년부터 매년 10월 31일 핼러윈 축제를 전후로 미국과 캐나다를 중심으로 개최되는 전 세계 판타지 문학 컨벤션. 한 해 동안 가장 많은 사랑을 받은 작품에 '세계 판타지상'을 수여한다. 제1회 행사는 '러브크래프트 서클Lovecraft Circle'이라는 주제로 그의 고향인 미국 로드아일랜드주 프로비던스Providence에서 열렸다.

번쯤은 이 길을 거닐지 않았을까 하고 궁금해하면서) 어느 전당포 앞을 지나가게 됐다. 가게의 진열창 너머로는 늘 그렇듯 일렉트릭 기타나 시계 달린 라디오, 면도칼, 색소폰, 반지, 펜던트 그리고 온갖 종류의 총과 같이 반짝거리는 잡동사니들이 자리를 가득 채우고 있었다. 그렇게 한참 고물들을 들여다보고 있는데, 머릿속 저 뒤편에서 푹신한 안락의자에 기대어 앉아 있던 미스터 아이디어맨이 큰 소리로 말을 걸어왔다. 이따금 있는 일이지만 그 어떤 작가도 어째서 그런 일이 일어나는지는 완벽하게 이해하고 있는 것 같지 않은 바로 그런 일 말이다.[5] "저 유리창 너머에 베개가 하나 놓여 있다면 어떨까? 면으로 된 베갯잇이 살짝 더럽혀져 있는 그저 그런 보통의 낡은 베개 말이야. 그리고 누군가는—아마도 너 같은 작가라면—그런 물건이 왜 이런 곳에 진열되어 있는지가 궁금해져서 가게 안으로 들어가 주인에게 물어보는 거지. 그러면 그 주인은 이렇게 답하는 거야. 그건 H. P. 러브크래프트의

---

**5** [스티븐 킹 註] 언젠가 "이야기의 아이디어가 떠올랐어."라고 말하게 되는 순간은 굉장히 일상적인 것을 완전히 새로운 방식으로 또는 이전과는 다른 시각에서 바라보게 될 때 찾아오곤 한다고 몇 번 말한 적이 있다. 그럴 때면 사람들은 보통 입을 다물곤 하는데 그럴 만도 한 것이 그 말이 꽤 그럴싸하게 들리기 때문이다. **실제로** 맞는 말이기는 하다. 그런 때는 "아이디어가 떠올랐어."라고 말하는 순간의 한 부분을 **정말로** 이루기도 하지만, 사실 그게 전부는 아니다. 거기서 더 무슨 일이 일어나는지는 도저히 설명할 방법이 없다. 심지어 그로부터 몇 년이 지난 후인 지금까지도 말이다. 그저 **할 수 있는** 말은 그런 순간에는 머리에 총을 맞은 듯한 기분이 든다는 것이다.

베개라고. 그가 매일 밤잠을 청하던 베개, 그가 기상천외한 꿈들을 꾸던 베개,[6] 심지어는 그가 숨을 거둘 때에도 베고 있었을 베개라고 말이야."

독자여, 나로서는 당시 내 등골을 그렇게나 오싹하게 했던 생각을 떠올렸다는 사실이 25년의 세월이 지난 지금은 잘 기억이 나지 않는다. 러브크래프트의 베개라니! 의식의 세계를 떠나는 그의 작은 머리를 고이 감싸고 있던 바로 그 베개라니! '러브크래프트의 베개'는 그렇게 자연스럽게 나의 새로운 소설의 제목이 되었다. 나는 이야기를 쓰기 위해 두 차례의 패널 토론과 저녁 식사 자리를 포함하여 계획해 두었던 모든 것을 제쳐두고 서둘러 호텔로 돌아갔다. 호텔에 도착했을 무렵에는 베개에 관한 아주 많은 세부 요소들이 뚜렷한 윤곽을 드러내고 있었다. 베갯잇 천이 옅게 띠고 있는 누런 색감이 보이는가 하면, 잠이 든 얇은 두 입술의 한쪽 입꼬리에서 침이 살짝 흘러내려 생겼을 법한 고리 모양의 갈색빛 얼룩이 유령처럼 보일 듯 말 듯 하기도 했다. 한쪽 콧구멍에서 코피가 터져 흘러 생긴 것이 분명한 짙은 밤색의 반점도 보이는 듯했다. 게다가 베개 안에 갇힌 꿈들이 낮게 비명을

---

**6** [스티븐 킹 註] 러브크래프트 본인이 직접 꾸었던 꿈들은 많은 부분 그의 소설에서 활용된 바 있다. 이에 대하여 더 자세한 내용은 우엘벡의 본문을 살펴보라.

지르는 소리도 들려왔다. 정말로 그랬다. H. P. 러브크래프트가 꾸었던 악몽들이 속삭이는 소리 말이다.

그때 만약 계획했던 대로 곧바로 글을 쓰기 시작했다면 거의 소설을 완성할 수 있었을 것이라고 확신한다. 그러나 12층 복도를 지나 방으로 걸어가고 있는데, 갑자기 다른 방에서 한껏 기분이 들뜬 누군가가 튀어나왔다. 그리고는 손에 맥주를 한 캔 쥐여 주면서 이것저것 되는 대로 아무 이야기나 즐겁게 나누고 있는 작가들의 무리 속으로 나를 이끌었다. 그러고 나서는 (결국) 패널 토론을 할 시간이 찾아왔고, (자연스럽게) 저녁 식사가 시작됐다. 그다음에는 (아니나 다를까) 술을 퍼부어 마시며 (보나 마나) 쉬지 않고 떠드는 자리가 이어졌다. 그날 나누었던 대화는 아주 많은 부분이 H. P. 러브크래프트에 관한 내용이었고, 그래서 나도 기쁜 마음으로 이야기를 나누었지만, **정작** 베개 이야기는 써내지 못했다.

그날 밤늦게 침대에 눕고 나서야 비로소 베개 생각이 다시 나기 시작했다. 오후 햇살 아래에서는 신비롭게 느껴지던 것을 어둠 속에서 떠올리려니 소름이 돋았다. 그것은 **그가 쓴** 소설들에 대하여, 다시 말하자면 그의 작은 머릿속 이야기, 즉 베개와 오로지 얇디얇은 머리뼈만을 사이에 두고 겨우 분리된 공포에 관하여 생각하는 일이었다. 그중에서도 가장 훌륭한 소설들 — 미셸 우엘벡이 "그랑 텍스트"[7]라고 부르는 소

---

**7** Grands textes. 우리말로는 '뛰어난 작품'이라는 뜻의 '걸작'으로 옮길 수 있

설들―은 미국의 문학사상 유례없는 공포를 선사함으로써
감히 그 무엇도 범접할 수 없는 힘으로 지금까지 살아남아
있다. 20세기 중반 미국에서 활동했던 작가 중 러브크래프트
의 문체에 필적할 만한 인물은 정말 아이러니하게도 **누아르
소설**[8] 작가였던 데이비드 구디스[9]가 유일할 것이다. 그는 비
록 완전히 다른 장르의 언어를 구사하기는 했지만, 러브크래
프트처럼 한번 시작했다 하면 절대로 **멈출** 줄을 몰랐으며 이
정도면 **충분하다고** 말하는 법이 없었다. 현실이라는 기둥에
끊임없이 구멍을 뚫어야 할 필요를 일종의 신경증처럼 느낀
다는 점에서도 두 사람은 닮아 있었다. 그러나 구디스는 끝
내 세상 사람들에게 잊히고 만다. 그와 달리 러브크래프트는
단 한번도 잊히지 않았다. 어째서냐고? 개인적인 생각으로
는 구디스와는 다르게 H. P. 러브크래프트의 광란이 내는 날카
로운 비명은 한 편의 시처럼 느린 호흡과 터무니없이 넓게 펼
쳐지는 시각적인 상상력을 통해 안정을 되찾기 때문인 것 같
다. 러브크래프트를 읽고 공포에 질려 비명을 지르는 순간 우

---

다. 스티븐 킹은 영어식으로 'Great texts'라고 옮겨 적고 있다. 본 역자는 프
랑스어 원문의 어감을 살리기 위해 원어의 발음을 그대로 표기하여 '그랑 텍
스트'라고 번역하고자 한다.

**8** 암흑가에서 벌어지는 범죄나 폭력 등을 다루는 소설. 1920년대 미국에서 시
작되었으나 본격적으로는 제2차 세계대전 이후에 흥행에 성공했다.

**9** David Goodis. 미국의 유대인 출신 작가로 대표작으로는 《다운 데어Down
there》(1956)가 있다. 이 작품은 프랑스의 영화감독 프랑수아 트뤼포François
Truffaut에 의해 〈피아니스트를 쏴라〉라는 제목의 영화로 각색되었다.

리의 **의식은 뚜렷하다.**

　그래서 나는 베개에 누웠지만 잠이 들지는 않은 채 정말로 이 모든 것을 한 권의 소설 안으로 기어코 집어넣고 싶은 것인지에 대해 고민하기 시작했다. 참으로 우스꽝스러운 생각이었다. 시도는 할 수 있어도 결국 실패로 끝난다면 비참할 것이었다. 시도가 성공으로 이어지기 위해서는 단순한 배짱은 말할 것도 없이 정신적으로 엄청난 에너지를 써야 할 것이었다. (니콜라이 고골[10]이나… 러브크래프트가 쓴 소설이 아닌 한) 짧은 이야기 하나를 쓰는 데 필요한 수준을 훌쩍 넘어서는 정도로 말이다. 설령 그 분량이 아주 짧다고 할지라도 소설 하나를 쓰겠다고 그렇게 섬뜩한 교만을 계속 부리는 것은 신중히 고려해야 할 정도로 너무 겁나는 일이었다. 나는 마치 아카풀코Acapulco[11]의 어느 한 절벽 위에 서 있는 다이버 지망생이 된 것만 같았다. 암벽 위에서 떨어지기에 좋은 위치에 서 있다는 사실을 확신하기 위해 그저 아래를 한 번 쓱 훑어본 뒤 곧바로 앞으로 나아가 뛰어내렸다면 아마도 모든 일이 순조로웠을 것이다. 그러나 나는 그렇게 하는 대신 떨어진다는 사실과 그 결과로 일어날 수 있는 일들을 생각하느라

---

**10**　Nikolai Gogol. 19세기 초에 활동한 러시아 소설가이자 극작가로 러시아 리얼리즘 문학의 문을 열었다는 평가를 받는다. 대표적인 단편소설 《외투》(1842)에 대해 훗날 도스토옙스키는 "우리 모두는 고골의 《외투》에서 나왔다."라며 그를 칭송하기도 했다.

**11**　멕시코의 대표적인 휴양지로 서남부 게레로Guerrero주에 위치한 항구 도시.

너무 많은 시간을 허비하고 말았다. 그렇게 기회를 놓치고 만 것이다.

그 주말 프로비던스에서 '러브크래프트의 베개'를 쓰지 않았고, 그날 이후 지금까지도 여전히 쓰지 않은 상태이다. 독자여, 그대의 두 손으로 직접 시도해 보고 싶다면, 나는 기꺼이 그 일을 당신에게 넘겨줄 생각이 있다. 하물며 그렇게나 옳은 일을 실천하기 위한 성실한 노력 뒤에는 반드시 따라오기 마련인 나쁜 꿈들까지도 얼마든지 전해줄 수 있다. 나는 더 이상 러브크래프트의 베개 속으로 들어가 여전히 그 안에 갇혀 있을지도 모를 어떤 꿈 같은 것들은 만나고 싶지 않다. 그저 미셸 우엘벡이라면 이러한 생각에 공감해줄 수 있겠다는 생각이 들 뿐이다.

우엘벡은 그다지 학술적이지는 않은 열정에 사로잡힌 채 논란의 여지가 있으며 말다툼을 불러일으킬 만한 주장을 펼친다. 나는 그중 몇 가지에 직접 이의를 제기해 보려고 한다. 삶이란 **정말** 고통스럽고 실망스러운 것인가?[12] 어쩌면 고통스럽다는 것은 맞는 말일지도 모른다. 그러나 그것도 어쩌다 한 번 그럴 뿐이다. 실망스럽다는 것도 사실일 수 있으나 오직 몇몇 사람들에게만 해당하는 이야기다. 새로운 리얼리즘 소

---

12 본문 43쪽 참조.

16

설을 쓴다는 것은 **정말 쓸모없는** 짓인가?[13] 지난 14년간 산문으로만 총 2천 페이지를 써낸 것을 보면 적어도 톰 울프[14]만큼은 그의 말에 동의하지 않는 듯 보인다. **정말로** 인류는 우리에게 그저 미적지근한 호기심만을 불러일으킬 뿐인가?[15] 아, 친애하는 우엘벡이여! 나는, 매일 최소 60명 정도의 사람들을 스쳐 지나가는데 그중에서 40명은 각자의 집에서 무엇을 하는지 살펴보러 따라가 보고 싶은 마음이 간절하다.

이 밖에도 문제 삼을 수 있는 발언은 더 있지만, 그중에서 아마도 가장 큰 논란을 불러일으킬 만한 사안은 러브크래프트가 성性에 무관심했으며 프로이트의 이론을 인정하지 않았을 것이라고 가정한 것이다.[16] 그러나 이와 관련하여 여기에

---

**13** 본문 43쪽 참조.

**14** Tom Wolfe. 20세기 후반 미국에서 활동했던 작가이자 저널리스트. 1960년대부터 전통적 저널리즘이 지니는 단편적이고 객관적인 관성을 거부하고 사건 보도에서도 소설의 극적인 표현 기법을 활용함으로써 일종의 문학적인 즐거움을 제공하고자 했던 '뉴저널리즘'을 주창했다. 대표작으로는 뉴욕 월스트리트로 대표되는 미국 자본주의의 공허한 현실을 비판한《허영의 불꽃》(1987)이 있다.

**15** 본문 44쪽 참조.

**16** [스티븐 킹 註]《던위치 호러》와《광기의 산맥》과 같은 몇몇 "그랑 텍스트"들이 거의 성性에 관한 이야기라는 점과 러브크래프트의 소설에서 크툴루가 등장할 때면 거대한 크기의 촉수가 달린 여성의 질膣이 시공간을 넘나들며 사람을 죽이는 모습을 목격하곤 한다는 점을 근거로 들어 반박해볼 수 있다. H. P. 러브크래프트를 깎아내리려는 것이 아니다. 다만 정신분석학적인 시각에서, 특히 H. P. 러브크래프트가 살았던 그 당시의 정신분석학적인

서는 더 물고 늘어지지 않고 이만 넘어가고자 한다. 서문이 너무 길면 그 뒤에 이어지는 책의 본문을 집어삼켜 버리고 말 테니! 한편, 러브크래프트가 21세기 미국에서 가장 중요한 작가 중 한 명이라는 우엘벡의 주장은 논란의 여지가 전혀 없는 것은 아니다. 그러나 세월이 지나도 그의 책들이 여전히 절판되지 않고 미국이나 세계 대학의 문학 강의에서 그의 작품들이 점점 더 많이 다루어지고 있다는 점을 고려한다면 이의를 제기하기가 더 어려워진다. 미셸 우엘벡의 열정 넘치는 글만 보아도 알 수 있듯이, 각 세대의 독자들이 어른이 되고 난 후에도 여전히 러브크래프트가 **인기가 좋을 뿐**만 아니라 풍부한 상상력을 바탕으로 판타지 소설과 위어드 픽션[17]을 써내고… 그럼으로써 해당 세대에 아주 깊숙이 자리한 공포를 시각적으로 형상화하는 작가들에게 **본질적으로 중요한** 역할을 한다는 사실에 비하면 러브크래프트가 문학사에서 얼마나 큰 영향력을 끼치는가는 어쩌면 그저 부차적

관점으로 고대 신의 모습을 바라본다면 결국엔 복잡한 프로이트의 이론 안으로 들어가게 된다고 말하고 싶을 뿐이다.

**17** Weird Fiction. 19세기 말에서 20세기 초에 성행했던 장르로 호러 소설이나 판타지 소설, 공상과학 소설이 혼합된 성격의 소설. 실제 세계에 존재하는 구체적인 대상이 아니라 인간의 의식으로는 명확하게 파악할 수 없는 미지의 존재를 공포의 실체로 설정하는 것이 특징이다. 펄프 매거진《위어드 테일즈Weird Tales》에서 러브크래프트를 포함하여 로버트 E. 하워드Robert E. Howard, 클라크 애슈턴 스미스Clark Ashton Smith 등이 주축이 되어 하나의 본격적인 장르로 정립시켰다.

인 질문에 지나지 않을 것이다. 개인적으로는 사회학적인 관점에서 문학작품을 분석하는 것이 그리 달갑지 않다. 하지만 각 세대를 휩쓰는 주류 문학과 언제나 사촌지간처럼 밀접한 관계에 있는 (때로는 쌍둥이 자매처럼 똑 닮기도 하는) 위어드 픽션이 그 당시의 사회에 가치 있는 정보를 제공해준다고 생각한다. 만약 어떤 한 세대를 공포에 질리게 하는 존재가 무엇인지 (말하자면 전 국민의 베개 속에 어떤 악몽이 들어 있는지) 알아낼 수 있다면, 위어드 픽션이 출간되는 시기에 법, 윤리, 경제, 심지어는 군사 문제까지 다양한 분야에서 결정되는 수많은 사안이 열에 아홉은 이루 말할 수 없이 분명해질 것이다.

하지만 심리학이니 사회학이니 하는 이야기들은 한쪽으로 치워두자. 대부분 말도 안 되는 소리인 경우가 많으며, 그저 문학 전문 출판사에서 자신들이 숨겨둔 첩자들의 인력을 놀리지 않기 위해 별로 필요하지 않은데도 굳이 만들어 시키는 일에 불과하다. 그렇게 헛소리나 지껄이는 대학교수라는 사람들은 (해가 갈수록 수는 늘어나는데) ─ 일명 소설을 구성하는 달콤한 DNA인 ─ 줄거리나 언어, 상상력에 관해서는 더이상 이야기하지 않기 위해 지푸라기라도 잡는 심정으로 필사적으로 매달리곤 한다. 그럴 만도 한 것이 그런 주제들은 대부분 강의 노트조차도 준비되어 있지 않은 50분의 수업 시간 동안 정말 실제로 벌어질지도 모를 상황에 자신들을 노출

시켜 불편하게 만들기 때문이다. **진정한 공포는 바로 그곳에서** 모습을 드러낸다. 생명력이라고는 느껴지지 않는 공기와 그들을 가만히 응시하고 있는 학생들의 눈빛이 그렇다.

비록 미셸 우엘벡이 내린 가정과 결론 중에서 동의할 수 없는 부분이 있기는 하지만, 러브크래프트의 작품들이 세상과 삶에 맞서고 있다는 그의 핵심적인 주장에 대해서는 단 한 번도 의심을 가져본 적이 없다. 위어드 픽션을 즐겨 읽는 독자이자 직접 이야기를 쓰기도 하는 작가로서 단번에 이해할 수 있었던 것은 스스로 오랫동안 느껴왔지만 절대로 입 밖으로는 꺼내어 표현할 수 없었던 그 무언가를 우엘벡이 글로 담아냈다는 사실이다. 그것은 바로 위어드 픽션과 호러 소설, 초자연적 소설이 현재 있는 그대로의 세상과 그러한 세상이 바라는 모습의 현실을 향해 우렁찬 목소리로 '아니오'라고 외치고 있다는 사실이다. 그리고 **상상하는 힘이 크면 클수록, 작가와 독자 사이의 유대가 끈끈하면 끈끈할수록**, 그 '아니오'는 더욱 더 강력한 결단력과 설득력을 발휘하게 된다는 것이다. (우엘벡이 꼭 이렇게 글자 그대로 말한 것은 아니지만, 분명한 것은 러브크래프트를 향한 그의 동경이 이러한 메시지가 온 세상 사람들에게 닿을 수 있도록 크게 외치고 있다는 점이다.)

이 책 사이사이에 있는 각 장의 제목을 통해 우엘벡은 그렇게나 완강한 외침을 실천하기 위해 사용할 수 있는 기술들을 적고 있다. 그것들을 여기에서 한 번 정리하고 넘어간다고 해도 그가 전반적으로 이루고자 했던 목적에는 방해가 되지 않을 것이다.

눈부신 어느 날의 자살처럼 이야기를 공격하라.
마음 약해지지 말고 삶에 '아니오'라고 크게 외쳐라.
그 뒤에는 장엄하게 서 있는 어느 대성당 하나가 보일 것이다.
그렇게 당신의 감각은 말로는 표현할 수 없는 혼란의 매개체가 되어 망상의 전체 도면을 설계하게 될 것이다.
그러나 그 도면은 시간이라는 형언할 수 없는 건축물 안에서 길을 잃을 것이다.

이는 위어드 픽션을 쓰고자 하는 소설가 지망생에게는 없어서는 안 될 아주 중요한 조언이다.[18] 이러한 기술들은─그리고 이를 담고 있는 우엘벡의 글은─러브크래프트를 처음 접하는 독자에게도 그가 어떤 방식으로 계속 소설을 써나갔는지를 이해하는 데 필수적인 훌륭한 시금석이 되어준다. 러브크래프트가 어떻게 **성공**할 수 있었는지는 그 어떤 책이나 수필, 대학 세미나에서도 영원히 풀어내지 못할 수수께끼다. 이는 각각의 독자와 그 개인이 발견하게 될 러브크래프트, 즉 날카로운 비명을 지르며 길게 이어지는 구절들을 통해 그

---

**18** [스티븐 킹 註] 다만 말이 쉽지 행동으로 옮기는 것은 더 어렵다. 이렇게 실천할 줄 아는 사람의 이야기를 믿어라.

들에게 상상의 날개를 달아주는 바로 그 러브크래프트와의 사이에서 이해될 것이다. 잠이 오지 않는 어느 늦은 밤 창문 밖으로는 차가운 달빛이 빤히 내려다보고 있는 바로 그때, 그 비명은 어디선가 속삭이는 목소리가 되어 다시 들려올 것이다.

베개 속에서 소곤소곤 귓속말을 걸어올 바로 그 목소리 말이다.

모든 시대마다 일부 젊은 독자들은 다른 누군가의 설득이나 안내를 받지 않고도 자연스럽게 러브크래프트를 찾아오곤 한다. 마치 어떤 세대든지 간에 일정한 수의 독자들이 애거사 크리스티나 브램 스토커[19]의 《드라큘라》를 찾게 되는 것처럼, 그리고 짐작해보건대 앞으로 수년간 또는 수 세기 동안에는 《해리포터》 시리즈를 찾게 될 것처럼 말이다. 그중에서도 러브크래프트를 단연 눈에 띄게 함으로써 이렇게 불꽃처럼 활활 타오르며 열렬한 지지를 보내는 글을 누릴 수 있도록 해주는 것은 비단 문학적인 가치가 아니라—아, 이보다 더 이해하기 까다로운 용어가 있을까—그가 원초적으로 가지고 있던 지구력이다. 오늘날의 애거사 크리스티나 브램 스토커,

---

**19** Bram Stoker. 빅토리아 시대 아일랜드의 소설가. 세계 흡혈귀 문학 사상 최고 걸작으로 꼽히는 대표작 《드라큘라》(1897)는 훗날 할리우드에서 영화화되면서 유명해졌다.

J. K. 롤링[20]과는 달리 러브크래프트는 단 한번도 베스트셀러 작가였던 적이 없다.[21] 그는 무명인 상태로 (그것도 손으로 직접) 글을 썼으며 벌이도 변변치 않아 결국에는 가난 속에서 점잖게 생을 마감했다. 그러나 우엘벡도 콕 집어서 말을 하고 있듯이, "러브크래프트가 죽자 그의 작품이 태어났다." 이후 그의 작품은 지금까지 단 한 번도 절판되지 않았으며, 그 중심에는 우엘벡이 "그랑 텍스트"라고 이름을 붙인 이야기들이 있다. 그렇게 그의 책들은 수백만 달러에 달하는 수입을 벌어들였다.[22]

---

**20** J. K. Rowling.《해리포터》시리즈를 쓴 영국 작가.

**21** [스티븐 킹 註] 우엘벡은 뉴욕에서 일자리를 구하려던 H. P. 러브크래프트가 결국에는 허탕을 치게 된 이야기를 마무리 지으며 다음과 같이 썼다. "그렇게 그는 자신이 가지고 있던 가구들을 팔기 시작한다."(165쪽). 이 짧은 문장만큼이나 나의 마음을 크게 동요시켰던 구절은 몇 개 되지 않는다.

**22** [스티븐 킹 註] 러브크래프트의 작품이 저작권이 소멸된 공유 재산이 되기 전까지 그 수입이 과거에 어디로 흘러 들어갔으며 지금은 어디에 있고 앞으로는 어디로 향해 갈 것인지에 대해서는 그 자체만으로도 충분히 흥미로운 연구 주제가 될 것이다. 소니아 그린Sonia Greene과의 짧은 결혼 생활은 자식을 낳지 않고 끝이 났다. 이후 오랜 시간 동안 H. P. 러브크래프트의 저작권 대부분은 그에게서 크게 영향을 받았던 두 명의 작가, 도널드 완드레이 Donald Wandrei와 어거스트 덜레스August Derleth가 설립한 출판사인 아캄 하우스Arkham House의 소유였다. 덜레스는 괴팍한 성격의 완드레이와 사이가 틀어진 뒤에도 죽기 전까지 출판사를 운영했다. 현재는 러브크래프트의 판권 중 많은 부분을 덜레스의 딸인 에이프릴 덜레스April Derleth가 소유하고 있는 듯하다. 한 가지 확실한 사실은 거의 궁핍 속에서 죽은 것이나 다름없는 이 고독한 천재의 재산으로 어딘가에선 누군가가 돈방석에 앉

그러나 우엘벡은 러브크래프트의 작품이 남긴 **금전적인** 유산에 대해서는 거의 눈길을 주고 있지 않으며, 우리도 그런 것에 더 흥미를 느낄 이유는 없다. 반면, 그의 **창조적인** 유산에는 크게 관심을 가질 필요가 있다. 우엘벡은 러브크래프트로부터 영향을 받은 작가로 두 명을 언급하고 있는데, 바로 프랭크 벨냅 롱[23]과 로버트 블록[24]이다. 그러한 작가들로는 이 두 사람을 제외하고도 수십 명을 더 들 수 있다. 예를 들어, 텍사스의 천재 로버트 E. 하워드[25]가 쓴 코난 더 바바리안Conan the Barbarian[26]의 이야기는 많은 부분이 기껏해야 러브크래프트가

---

게 됐다는 것이다.

**23** Frank Belknap Long. 20세기 미국의 판타지 소설 작가. 열아홉 살에 러브크 래프트를 알게 되어 그를 멘토처럼 따랐으며 1,000통이 넘는 편지를 주고받 았던 것으로 전해진다. 대표작으로는 크툴루 신화를 바탕으로 러브크래프 트가 아닌 다른 누군가가 최초로 쓴 소설이라고 할 수 있는《틴달로스의 사 냥개》(1929)와 그레이트 올드 원 중 하나로 코끼리 형상을 한 '샤우그너 판 Chaugnar Faugn'을 탄생시킨《고지로부터 내려온 공포》(1931)가 있다.

**24** Robert Bloch. 20세기 미국의 판타지 소설 작가.《위어드 테일즈》에 연재된 러브크래프트의 소설을 읽고 팬레터를 보내기 시작하면서 스승과 제자의 관계로 발전한다. 대표작으로《사이코》(1959)가 있으며 이 작품은 이듬해 영화감독 알프레드 히치콕에 의해 영화 〈싸이코〉로 각색되기도 했다.

**25** 러브크래프트와 함께 위어드 픽션의 전성기를 이끌었던 소설가. 1930년 《위어드 테일즈》에 연재된 러브크래프트의《벽 속의 쥐》를 읽고 소설에서 사용된 고대 언어가 충분히 고증되지 않아 보인다는 내용으로 그에게 편지 를 쓰면서 인연을 맺었다. 1936년 어머니가 혼수상태에 빠지자 그 충격을 견디지 못하고 스스로 머리에 권총을 쏴 생을 마감한다.

**26** 전설의 아틀란티스 대륙이 사라진 이후 인류 최초의 고대 문명이 등장하기

변장한 수준에 지나지 않는 패스티시[27] 작품이라고 할 수 있으며 그 자체로 하나의 완전한 장르를 탄생시킨 바 있다. 한편, 온갖 좋은 말로 러브크래프트를 찬양했던 조이스 캐럴 오츠[28]는 적어도 본인의 작품 중 가장 고딕풍을 풍기는 소설들에서만큼은 그의 영향력을 찾아볼 수 있다고 인정했다. 하워드에서부터 오츠에 이르기까지 (나로서는 문학적인 관점에서 이 둘 사이의 거리보다 더 멀리 떨어져 있는 이들을 생각해 내기 어렵지만) 그 사이에는 러브크래프트와 그가 꾸었던 꿈들에 마음이 동했던 작가들이 하나의 완전한 판테온을 이루고 있다. 그중에는 다른 곳을 거치지 않고 곧바로 러브크래프트를 접하게 된 사람들이 있는가 하면, 어떤 이들은 간접적인 경로를 통해 그의 존재를 알게 됐을 것이다. (예를 들어 나의 경우에는 열 살 때 로

전에 해당하는 소위 '암흑시대'에 아틀란티스의 후손이자 대장장이의 아들로 태어나 엄청난 괴력에 근육질의 몸을 자랑하는 영웅.

27  원작의 기법이나 양식을 모방한 작품. 익살스러운 흉내를 내며 풍자하는 것에 가까운 '패러디'와는 분명하게 구분되는 개념이다. '고기나 생선 등으로 속을 채워 넣은 파이'를 뜻하는 이탈리아어 단어 pasticcio에서 유래했으며 19세기 후반 무렵부터 프랑스어 단어 pastiche가 통용되고 있으나, 우리나라에서는 보통 영어식 발음인 '패스티시'로 쓴다.

28  Joyce Carol Oates. 현대 미국 문학을 대표하는 고딕 소설 작가. 1964년 첫 장편 소설인《아찔한 추락과 함께With Shuddering Fall》로 등단하였고 대표작으로는 1970년 내셔널 북 어워드를 수상한《그들》(1969)이 있다. 1997년 러브크래프트의 대표작들을 모아《러브크래프트 작품집Tales of H. P. Lovecraft》을 출간하는 등 에드거 앨런 포에 버금가는 미국 작가로는 러브크래프트가 유일하다는 메시지를 여러 책에서 전달하였다.

버트 블록을 읽다가 우연찮게 러브크래프트를 발견하게 됐다.) 또 그중 몇몇은 러브크래프트로부터 강력한 한 방을 맞았다면, 다른 몇몇은 러브크래프트의 쭉 펼쳐진 상상의 날개의 한쪽 끝에 그저 스친 수준에 불과하다. 이러한 작가들 목록에는 클라크 애슈턴 스미스,[29] 윌리엄 호프 호지슨,[30] 프리츠 리버,[31] 할란 엘리슨,[32] 조너선 켈러먼Jonathan Kellerman, 피터 스트라우

---

**29** H. P. 러브크래프트, 로버트 E. 하워드와 함께 20세기 초《위어드 테일즈》의 삼인방을 이루었던 판타지 소설 작가. 1922년 스미스가 쓴 시를 읽고 감명을 받은 러브크래프트가 그에게 편지를 쓰면서 교류하기 시작했다. 크툴루 신화를 기반으로 한 단편소설들을 썼으며, 중세 프랑스의 가상 도시 아베루와뉴Averoigne나 고대의 휘페르보레아 시대를 배경으로 쓴 이야기 시리즈가 잘 알려져 있다.

**30** William Hope Hodgson. 20세기 초 영국의 판타지 소설 작가. 대표작으로는 러브크래프트로부터 '최고의 고전'이라는 극찬을 받았던《이계의 집》(1908)이 있다.

**31** Fritz Leiber. 미국의 판타지 소설 작가. 러브크래프트가 생을 마감하기 직전인 1936년부터 그와 편지를 주고받기 시작하면서 크툴루 신화를 기반으로 작가의 길을 걷게 됐다. 로버트 E. 하워드와 함께 판타지 문학의 하위 장르 중 하나로 주인공이 '검과 마법Sword & Sorcery'을 쓰는 소설들의 대가로 불린다. 대표작으로는 1978년 제4회 세계 판타지 컨벤션에서 세계 판타지상을 수상한《어둠의 성모Night's Black Agents》(1977)가 있다.

**32** Harlan Ellison. 미국의 판타지 소설 작가이자 시나리오 작가. 1960~70년대부터 외부 세계보다는 인간의 내면에 더 큰 관심을 가졌던 뉴웨이브 흐름을 이끌며 실험적인 작품들을 발표했다.《러브크래프트 회고전: H.P. 러브크래프트를 사랑한 작가들A Lovecraft Retrospective: Artists Inspired by H. P. Lovecraft》의 서문을 썼다. 대표작으로 영화 〈매드 맥스 2〉에 등장하는 개 캐릭터에 영향을 준《소년과 개》(1969)가 있다. 영화 〈터미네이터〉 시리즈

브,[33] 찰스 위퍼드Charles Willeford, 포피 Z. 브라이트Poppy Z. Brite, 제임스 크럼리James Crumley, 존 D. 맥도널드John D. MacDonald, 마이클 샤본Michael Chabon, 램지 캠벨Ramsey Campbell, 킹즐리 에이미스Kingsley Amis, 닐 게이먼Neil Gaiman, 플래너리 오코너Flannery O'Connor, 테네시 윌리엄스Tennessee Williams가 포함되어 있다. 참고로 이는 그저 목록의 **시작** 부분에 불과하다.

그렇다고 해서 이들이 반드시 가장 영향력 있는 작가들은 아니다. 이제 막 독서의 세계에 입문한 독자들의 경우 대부분은 열세 살과 열여섯 살 사이에 마魔의 "정체 상태"라는 것을 경험하게 된다. 바로 그때 대부분은 어린 시절에 읽던 책들을 내려놓게 되는데 그렇다고 해서 어른이 읽을 만한 책들을 바로 펼쳐들지는 않는다. 우리가 이미 잘 알고 있듯이 많은 청소년이 이러한 공백기를 절대로 메우지 못하고 있다. 그리고 그렇게 어른이 된 그들의 집을 찾아가 보면 《리더스 다이제스트》[34]나 《더 내셔널 인콰이어러》,[35] 《존을 위한 유머

---

가 본인의 작품에 등장하는 '인공지능 슈퍼컴퓨터'의 아이디어를 베꼈다며 소송을 걸어 승소한 일화로 유명하다.

**33** Peter Straub. 20세기 미국의 호러 소설 작가이자 시인. 대표작으로는 《줄리아》(1975)와 《고스트 스토리》(1979), 스티븐 킹과 함께 공저자로 쓴 《부적》(1984)이 있으며, 1981년 제11회 세계 판타지 컨벤션에서 세계 판타지상을 수상했다. 2005년 러브크래프트의 작품들을 모아 엮은 《러브크래프트 작품집H. P. Lovecraft: Tales》을 출간한 바 있다.

**34** *Reader's Digest*, 1922년에 창간된 미국의 교양 월간지.

**35** *The National Enquirer*, 1926년에 창간된 미국의 연예 주간지.

집》<sup>36</sup>만 보일 뿐 그 밖에 다른 책들은 찾아볼 수 없게 된다. 그 공백기 동안 어떤 아이들은 낸시 드류Nancy Drew 시리즈나 R. L. 스타인R. L. Stine의 소설은 내려놓고 애거사 크리스티와 딘 쿤츠Dean Koontz, 어쩌면 브램 스토커의 《드라큘라》를 집어 들기도 할 것이다. 훗날 이들은 집을 동시대에 유행하는 베스트셀러 작품들로 가득 채워 넣는가 하면 대니엘 스틸Danielle Steel의 은퇴를 기념하여 마련한 책장 한쪽에 새로운 책들을 계속해서 추가해 넣기도 할 것이다.

한편, 세 번째 유형의 그룹도 존재하는데, ─언제나 세 번째에 해당하는─이 그룹은 마치 식사에서 딱히 먹을 만한 것이 없으면 만족할 줄을 모르는 사람들처럼 무언가 훨씬 더 위험한 것이 필요하다고 느낀다. 그렇다. 창가를 비추는 달이 어떤 팝송의 로맨틱한 이미지를 떠오르게 하기보다는 두개골과 닮아 보이는 어느 늦은 밤, 설령 베고 있는 베개 속에서 무언가가 말을 걸어온다고 해도 말이다. 정말이지 그런 상황에서조차도 말이다. 그리고─정말로 아이러니하게도─생전의 러브크래프트는 삶에 완강하게 맞서는 모습을 보였음에도 불구하고, 그가 죽은 이후에도 그를 오랫동안 계속해서 살아 있게 해준 것도 바로 이 세 번째 그룹에 속하는 사람들이라고 생각한다.

─────────────

**36** *Jokes for the John*, 1961년 캔롬Kanrom 출판사에서 출간된 유머집.

모든 문학 장르는, 그중에서도 특히 위어드 픽션과 판타지 소설은 독자와 작가가 삶으로부터 도망쳐 **숨을** 수 있는 동굴과도 같다. (이러한 이유로 그렇게나 많은 부모와 교사들이 러브크래프트나 로버트 블록, 클라크 애슈턴 스미스의 소설 전집에 파묻혀 사는 십 대 아이들을 발견할 때면 이렇게 소리를 지르곤 하는 것이다. "도대체 왜 저런 쓸모없는 것들을 읽는 거니?") 바로 그런 동굴 안에서—어딘가로부터 도망쳐 몸을 쉬일 수 있는 곳에서—우리는 우리 자신의 상처를 치료하고 현실 세계에서 있을 그다음의 전투를 대비한다. 현실 도피 문학을 읽는 독자들을 통해 알 수 있듯이 그러한 장소에 대한 우리의 갈망은 절대로 사그라지지 않을 것이다. 그러나 그러한 장소는 어린아이의 상상이 그보다 더 정교하고 체계적인 어른의 상상으로 진화하는 중이어서 그저 연약할 수밖에 없는 세월을 지나고 있을, 언젠가 만나게 될 진정한 독자에게—그리고 작가에게—특히 더 큰 가치가 있을 것이다. 간단히 말해 창의적인 상상의 날개가 허물을 벗기 시작하는 바로 그 순간 말이다.[37]

이제는 당신에게 양해를 구하고자 한다. 미셸 우엘벡의 유능한 손에 당신을 맡겨야 할 차례이다. 내가 이 자리를 떠나

---

**37** [스티븐 킹 註] 그러나 너무 많은 경우에는 언젠가 닷지 헤미Dodge Hemi 자동차를 운전하게 되거나 (지나치게 과장해서 말하자면) 아메리칸 아이돌 American Idol 오디션 프로그램에 나가 합격하게 되는 것보다 더 좋은 일은 없을 만큼—이놈의 **빌어먹을** 사회—상상의 날개는 짓이겨진다.

기 전에 나를 이해해 줬으면 하는 바람이다. 러브크래프트가 (또는 프리츠 리버나 애슈턴 스미스, 심지어는 나조차도) 미숙한 작가여서 청소년 시절에 몰아치던 폭풍우가 진정되고 나면 그를 쉽게 내다 버리고 말 미숙한 영혼들에게 사랑받는 것이라고 말하려는 게 아니다. 이는 에드거 앨런 포[38]가 처음 등장했을 때 그를 멸시했던 비평만큼이나 오래된 소문에 불과하다. 그러한 평가는 포에게 큰 도움이 되지 못했다. 그리고 오늘날까지도 풍부한 상상력의 지표로 남아 있는 "그랑 텍스트"를 통해 열다섯 살의 영리한 어린아이에게뿐만 아니라 오십 살이나 먹은 독자에게도 만족감을 안겨주는 러브크래프트에게는 그보다도 더 도움이 되지 않을 것이다. 내가 전하고 싶은 말은 (진짜 마지막으로 하는 말이니 기꺼이 고마워해도 좋다) 러브크래프트의 **성숙한** 업적이 미셸 우엘벡의 입증을 통해 훨씬 더 화려하게 빛나게 됐다는 것이다. 러브크래프트의 소설을 전부 다 읽었는가? 그렇다면《러브크래프트: 세상에 맞서, 삶에 맞서》는 당신을 다시 러브크래프트에게

---

**38** Edgar Allen Poe. 19세기 초 미국의 시인이자 단편소설 작가. 판타지 소설과 추리소설의 효시로 여겨진다. 비현실적인 환상을 현실적으로 묘사하는 동시에 마치 한 편의 시에서나 느낄 법한 서정성을 겸비한 아름다운 문체로 사랑받는다. 이후 프랑스 시인 보들레르가 번역 출판한 그의 작품 전집을 기점으로 국제적인 명성을 얻게 되었다. 대표작으로는 추리소설의 원형을 제공했다는 평가를 받는《모르그가의 살인 사건》(1841)과 고딕풍의 호러 소설《어셔가의 몰락》(1839)과《검은 고양이》(1843) 등이 있다.

향하도록 하여 새로운 시각에서 그를 바라볼 수 있게 해줄 것이다. 만약 프로비던스 출신의 '어둠의 왕자'를 처음으로 만나러 가는 길이라면, 이보다 더 상쾌하고 흥미진진한 여정은 없을 것이다.

그리고 로버트 블록의 말을 인용하건대, 부디 좋은 꿈들 꾸시라!


메인주 뱅고어에서
2004년 12월 10일

# 머리말

이 글을 쓰기 시작했을 무렵(아마도 1988년 말 즈음)에는 나 또한 수만 명의 독자와 같은 처지에 놓여 있었다. 열여섯 살에 러브크래프트의 소설을 처음으로 접하게 된 나는 이내 프랑스어로 번역되어 있는 그의 모든 작품을 찾아 정신없이 읽어 나가기 시작했다.[1] 이후 시간이 흘러서는 러브크래프트에 대한 흥미가 점점 줄어들면서 (로드 던세이니,[2] 로버트 E. 하워

---

1 [우엘벡 註] 당시 러브크래프트의 작품을 프랑스어로 읽는다는 것은 굉장히 어려운 일이었다. 로베르 라퐁Robert Laffont 출판사의 문학 전집 시리즈《부캉Bouquins》에서 프랑시스 라카생Francis Lacassin의 편집을 통해 그의 소설들을 총 세 권에 걸쳐 출간한 이후로는 상황이 훨씬 나아졌다.

2 Lord Dunsany. 20세기 초 영국의 판타지 소설 작가. 아일랜드의 귀족 가문 출신으로 본명은 에드워드 존 모튼 드랙스 플랜캣이고 '로드 던세이니'는 필

드. 클라크 애슈턴 스미스 등과 같이) 크툴루 신화의 뒤를 이었던 작가들과 러브크래프트가 가까운 사이로 여겼던 작가들을 살펴보게 되었다. 그러면서 가끔은, 아니 꽤 자주는, 러브크래프트의 "그랑 텍스트"들을 다시 들춰 보곤 했다. 평소 나의 문학적 취향과는 상반되는 그것들은 묘한 힘으로 나를 계속해서 끌어당기고 있었지만, 나는 러브크래프트의 삶에 대해서 아는 바가 전혀 없었다.

이제 와 돌이켜 보니, 이 책을 쓸 때는 마치 내 인생의 첫 소설을 쓴다는 생각으로 작업했던 것 같다. 등장인물이 단 한 명(H. P. 러브크래프트)뿐인 소설, 서술하는 사건과 인용하는 문장이 전부 정확해야 한다는 제약을 가진 소설, 그렇지만 그 나름대로 소설이라고 부를 수 있는 그런 것 말이다. 러브크래프트를 알아가는 과정에서 나를 가장 먼저 놀라게 했던 것은 바로 그가 맹목적인 유물론자였다는 사실이다. 러브크래프트의 작품을 찬양하며 논평하는 몇몇 사람들의 생각과는 다르게 그는 본인이 만들어낸 신화와 신의 계보, "고대의 종족들"을 그저 순수한 상상의 창작물로 간주할 뿐이었

---

명이자 작위명이다. 러브크래프트는 본인에게 영향을 끼친 작가로 에드거 앨런 포와 함께 던세이니를 언급한 바 있다. 실제로 크툴루 신화에서 신이나 우주의 범주조차도 초월해 버리는 절대적인 존재로 묘사되는 '아자토스 Azathoth'는 던세이니의 단편소설《페가나의 신들》(1905)에서 신들의 왕으로 등장하는 '마나 유드 수사이Mana-Yood-Sushai'를 모티프로 한 것으로 알려져 있다.

다. 또 하나 굉장히 놀라웠던 사실은 그가 인종차별적인 강박관념에 사로잡혀 있었다는 것이다. 나는 러브크래프트의 작품에서 악몽에나 나올 법한 생명체들에 대한 묘사를 읽으며 그것들이 **현실 세계의** 인간에 뿌리를 두고 있을 것이라고는 정말이지 단 한 번도 생각하지 못했다. 지난 반세기 동안 문학작품 속에서의 인종차별주의를 분석하는 연구는 루이페르디낭 셀린[3]을 집중적으로 주목해 왔다. 그러나 그보다는 러브크래프트의 경우가 훨씬 더 흥미롭고 전형적이라고 생각한다. 그의 작품에서 등장하는 지능을 가진 구성물들이나 데카당스[4]를 분석하는 것은 그저 아주 보조적인 역할만 할 뿐이다. 판타지 소설 작가로서 (그것도 그 분야에서 가장 유명한 작가 중 한 명으로서) 러브크래프트는 인종차별적인 사고를

---

**3** Louis-Ferdinand Céline. 20세기 프랑스의 소설가. 속어나 비어를 자주 사용하는 저속한 문체로 일명 '현대의 프랑수아 라블레François Rabelais'라고 불린다. 제2차 세계대전이 발발할 무렵 반체제주의와 반유대주의를 옹호했던 셀린은 이후 나치를 지지하는 전범 작가라는 낙인을 받고 망명길에 올랐으나 덴마크에서 체포되어 6년간의 옥고를 치르고 프랑스 국적과 재산을 박탈당하게 된다. 대표작으로는 르노도 문학상의 영예를 안겨준《밤 끝으로의 여행》(1932)과 그의 분신이라 할 수 있는 주인공 Y 교수를 통해 프랑스 출판계를 신랄하게 풍자한《Y 교수와의 대담》(1955)이 있다.

**4** 19세기 후반 유럽에서 성행했던 문예 사조. '퇴폐', '쇠락'의 뜻을 나타내는 프랑스어 단어 décadence에서 유래했다. 로마 제국이 융성기에서 몰락기로 넘어갈 때 병적이고 향락적인 경향의 예술이 유행했듯이 20세기로 넘어가는 세기말에 조화와 균형, 자연스러움 등의 전통적 가치를 거부하고 퇴폐적이고 관능적인 아름다움을 추구하는 움직임이 있었다.

대뜸 그것의 본질적인 근원으로, 가장 깊은 곳에 자리한 근원으로 환원시키는데, 그곳은 바로 **공포**이다. 이러한 관점에서 러브크래프트의 삶은 본보기로 삼을 만하다. 시골에서 태어나 자란 신사로서 본인이 이어받은 앵글로색슨 혈통이 우월하다는 생각으로 확신에 차 있었던 러브크래프트는 다른 인종들에 대하여 그저 묘연한 경멸감만을 느낄 뿐이었다. 그러나 이후 뉴욕의 빈민가에서 생활하게 되면서 모든 것이 바뀌게 된다. 낯설었던 생명체들은 **경쟁자**나 이웃이 되고, 몸으로 힘을 쓰는 일에서는 아마도 러브크래프트보다 훨씬 더 우월할 적군이 된다. 그가 학살의 충동을 느끼게 되는 것도 마조히즘과 극심한 공포의 망상에 점점 더 빠지게 되면서부터이다.

말은 이렇게 해도 태세는 완벽하게 전환할 수 있다. 아주 일반적으로는 소수의 작가만이, 심지어 판타지 문학 세계에서 가장 견고한 지위를 차지하고 있다고 할지라도, 현실 세계와의 타협을 **거의 하지 않는다**. 나로 말할 것 같으면 러브크래프트가 온갖 형태의 리얼리즘을 혐오하고 돈이나 성性과 관련된 주제라면 무엇이 됐든 간에 거부하며 역겨워했던 점에 대해서는 절대로 높이 사지 않았다. 그러나 그 후로 아마도 몇 년의 시간이 흐른 뒤에는 그가 전문적인 과학용어나 개념을 체계적으로 사용함으로써 "전통적인 서사 구조를 폭파해 버린" 문장들에 대해 나는 찬사를 아끼지 않았으며 실제로 그 덕을 보기도 했다. 어쨌든 개인적으로는 러브크래프트의 독창성이 오늘날 그 어느 때보다도 더 빛을 발하게 되었다고 생각한다. 그 당시 나는 러브크래프트의 작품에는 "정말이지 문학적이지 않은"[5] 무언가가 들어 있다고 적었다. 그리고 이후 이상한 방식으로 그것을 확신하게 되었다. 출간 기념 사인회를 열면 젊은 친구들이 책에 사인을 받으러 찾아오는 일이 종종 있었다. 롤플레잉 게임이나 시디롬을 통해 러브크래프트의 존재를 알게 된 사람들이었다. 러브크래프트의 소설을 읽어본 적도 없고 심지어는 앞으로도 그럴 생각이 없는 이들이었다. 그러나 그들은 신기하게도—글을 읽는 것과는 전혀 거리가 멀었지만—러브크래프트라는 한 사람에 대하여 그리고 그가 그 자신만의 세계를 어떻게 구축하게 되었는지에 대하여 조금 더 자세하게 알고 싶어 했다.

이렇게 하나의 우주를 창조할 수 있는 엄청난 힘과 환영을 볼 수 있는 신비로운 능력은 당시의 나에게 아마도 굉장히 커다란 충격으로 다가왔던 것 같다. 그 영향으로 나는—유일하게 후회가 되는 부분이기는 하지만—러브크래프트의 문체에 대해서도 충분한 찬사를 보낸다는 것을 그만 잊어버리고 말았다. 실제로 러브크래프트의 글은 그저 비정상적인 수준의 과장과 망상으로만 쓰인 것이 아니다. 그의 작품에는 비록 아주 드물기는 하지만 깊은 어둠 속에서도 빛을 내는

---

**5** 본문 54쪽 참조.

섬세한 무언가가 들어 있다. 책의 본문에서는 다루지 않았지만, 특히 《어둠 속에서 속삭이는 자》의 경우가 그렇다. 이 소설에서 우리는 다음과 같은 문단을 찾아볼 수 있다. "게다가 최면에 걸려 꿈을 꾸는 듯한 기분으로 길을 오르락내리락하곤 했던 풍경 속에서 이상하리만큼 마음을 차분하게 해주는 우주의 광활한 아름다움이 느껴졌다. 시간은 저만치 떨어져 있는 미로 속에서 길을 잃은 지 오래였고, 우리의 주변으로는 꼭 요정들이 뛰어놀 법한 꽃들의 물결과 사라져버린 수백 년 속에서 되찾은 사랑스러움이 펼쳐져 있었다. 갈색의 자그마한 농장이 보였다. 그 농장은, 오래되어 머리칼이 하얗게 세어버린 듯한 숲과 화사하게 핀 가을꽃으로 둘러싸인 때 묻지 않은 초원, 그리고 아주 가끔은 향긋한 찔레꽃과 목초로 뒤덮인 가파른 벼랑 아래에 솟아 있는 거대한 나무들 사이에 폭 안겨 있었다. 심지어는 마치 무언가 특별한 공기나 수증기가 온 지역을 뒤덮고 있기라도 한 듯이 햇살에서조차도 천상의 화려한 아름다움이 느껴졌다. 이탈리아 프리미티브[6] 화가들의 그림에서 이따금 배경으로 사용되곤 하는 마법 같은 풍경들을 제외하고는 그렇게나 아름다운 광경을 이전에는 한 번도 본 적이 없었다. 소도마[7]와 레오나르도 다빈

---

6  르네상스로 넘어가기 이전의 13~14세기 이탈리아에서 유행했던 회화 사조. '초기의', '원시적'이라는 뜻을 나타내는 라틴어 primitivus에서 유래한다.

7  Sodoma. 16세기 초 이탈리아 르네상스 시대의 대표적인 시에나Siena 파 화

치도 이렇게 시야가 탁 트이는 풍경을 구상해 보기는 했겠지
만, 오로지 원경으로서 그리고 르네상스식 건물의 아케이드
를 이루는 아치 모양의 천장에 그리는 그림 속에서만 실현할
수 있었을 것이다. 우리는 그런 그림의 한가운데를 이제 막
직접 몸으로 뚫고 지나온 참이었다. 나는 태어날 때부터 알
고 있었거나 물려받았던 무언가를 그동안 계속해서 부질없
이 찾아다니다가 이렇게나 마법 같은 풍경 속에서 갑작스럽
게 발견한 것만 같은 기분이었다." 여기서 우리는 감각 기관
을 통해 굉장히 강렬하게 이루어지는 지각 작용이 우리가 세
상에 대해 가지고 있는 철학적인 인식에 엄청난 변화를 가져
오는 그런 순간을 마주하게 된다. 다르게 표현하자면, 한 편
의 시 안으로 들어가게 된 것이다.

1998년
미셸 우엘벡

---

가. 본명은 '조반니 안토니오 바치Giovanni Antonio Bazzi'이다. 항상 젊은 청
년들로 둘러싸여 있었다는 목격담 때문에 동성애자를 의미하는 별명 '소도
마'로 불린다.

# I.

# 또 하나의 우주

어쩌면 엄청난 고통을 겪었어야지만 러브크래프트를 좋아하게
될 수 있을지도 모른다….

자크 베르지에[1]

삶이란 고통스럽고 실망스러운 것이다. 따라서 새로운 리얼
리즘 소설을 쓴다는 것은 쓸모없는 짓이다. 우리는 이미 보

---

**1** Jacques Bergier. 프랑스의 화학 공학 기술자이자 저널리스트 작가. 제2차 세
계대전 동안 레지스탕스 운동을 펼쳤으며, 전후에는 독일 핵무기 개발의 비
밀을 캐내기 위해 첩보 요원으로 보내지기도 했다. 1960년 루이 포웰스Louis
Pauwels와 함께 집필한《마술사의 새벽Le Matin des Magiciens》에서 사라진
문명이나 비밀 결사 단체, 인간의 초능력, 불가사의한 수수께끼 등의 주제를
다루며 '판타지 리얼리즘'의 서문을 열었다는 평가를 받는다.

통의 현실에 대해서는 훤히 꿰뚫어 보고 있어서 무언가를 더 알아내고 싶은 마음이 거의 들지 않는다. 오늘날의 인류는 우리에게 그저 미적지근한 호기심만을 불러일으킬 뿐이다. 저기 놀라우리만큼 정밀하게 짜여 있는 "표기 체계"며 이 모든 "현상"과 이야기를 보라…. 그러나 이것들은 일단 한 번 책을 덮어버리고 나면 이미 "실제의 현실" 속에서 하루하루 충분히 자라고 있을 가벼운 혐오감을 그저 확인시켜 주기만 할 뿐이다.

자, 이제 하워드 필립스 러브크래프트의 생각을 들어보자. "나는 인류와 세상에 진저리가 난 나머지, 페이지마다 두 건의 살인 사건이 있거나 외계의 무언가가 우리를 음흉하게 내려다 보는 듯한, 차마 말로는 설명할 수 없을 만큼 기이한 공포를 다루는 것이 아니라면 그 무엇도 흥미롭게 느껴지지 않네."

하워드 필립스 러브크래프트(1890-1937). 우리는 모든 형태의 리얼리즘에 맞서 싸울 특효약이 필요하다.

삶을 사랑하는 사람은 책을 읽지 않는다. 하기야 영화관에도 거의 가지 않는다. 어쨌거나 누가 뭐라고 하든지 예술의 세계에 접근할 수 있는 권한은 인생을 사는 게 **조금은 지겨운** 사람들에게만 어느 정도 주어지는 것이다.

러브크래프트로 말할 것 같으면, **조금은 지겨운** 정도를 넘어 진저리를 치는 수준이었다. 그는 1908년 열여덟의 나이에 "신경쇠약"이라는 병을 앓게 되고 이후 10여 년 동안 계속해서 무기력증에 빠져 지내게 된다. 학창 시절 친구들은 서둘러 유년기에 등을 돌리고 마치 어떤 일이 펼쳐질지 모르는 신비로운 모험을 떠나듯이 각자의 삶 속으로 뛰어드는 나이에 러브크래프트는 집에서만 갇혀 지낸다. 오로지 어머니하고만 이야기를 나누고 온종일 몸을 일으키려고 하지도 않으면서 밤새 목욕 가운을 입고 서성거리며 말이다.

심지어 글도 쓰지 않는다.

그럼 도대체 무얼 하냐고? 아마도 책은 조금 읽을지도 모른다. 그러나 이조차도 확신할 수 없다. 사실 러브크래프트의 전기를 쓰고자 하는 사람들은 스스로가 그에 관하여 딱히 아는 바가 없다는 사실과 적어도 겉으로 보이는 모습으로만 판단해보면 열여덟과 스물셋 사이의 러브크래프트는 정말이지 아무것도 하지 않으며 지냈다는 사실을 인정해야만 한다.

이후 1913년과 1918년 사이에 상황은 조금씩 아주 천천히 나아진다. 러브크래프트는 인류와 조금씩 다시 접촉하기 시작한다. 1918년 5월, 그는 앨프리드 갈핀[2]에게 다음과 같이

---

**2** Alfred Galpin. 20세기 미국의 클래식 작곡가. 러브크래프트와 편지를 주고받고 그에게 니체의 사상과 클라크 애슈턴 스미스의 시를 소개하는 등 친분을 유지했다. 1937년 이탈리아에서 러브크래프트의 부고를 듣고 애도의 의미로

편지를 쓴다. "내 몸은 그저 절반만큼만 살아 있다네. 대부분의 힘을 어딘가에 앉아 있거나 걷는 일에 쓰고 있지. 신경계는 산산조각이 나버린 배와 같아서 특별하게 흥미를 끄는 무언가를 우연히 발견하게 되는 경우가 아니라면 완전히 멍한 상태로 무기력하게 지내네."

이를 이해하기 위해 심리극을 재현하는 쓸데없는 일은 하지 않아도 된다. 그도 그럴 것이 러브크래프트는 분명한 판단력과 총명한 두뇌를 가진 성실한 사람이었다. 일종의 무기력한 공포감은 그가 열여덟 살이 되던 해 갑작스럽게 찾아왔고, 러브크래프트 본인은 그 원인이 정확하게 무엇인지 알고 있었다. 1920년에 쓴 한 편지에서 그는 자신의 유년 시절을 오랫동안 회고한다. 포장용 상자로 만든 기차 칸들이 줄지어 있는 작은 철도…. 인형 극장으로 만들어 사용했던 마차 보관소. 이후 조금 더 자란 러브크래프트는 본인이 직접 설계한 정원에 작은 길들을 새겨 넣는가 하면 손으로 땅을 파 수로를 만들어 물을 대기도 했다. 그의 정원은 정중앙에 해시계 하나가 세워져 있는 조그만 잔디밭을 중심으로 층을 이루고 있었다. 이곳을 러브크래프트는 "사춘기 시절의 지상낙원"이라고 표현하기도 했다.

편지는 다음과 같이 끝을 맺는다. "오락을 즐기기에는 너무 나이가 들어버렸다는 무서운 사실을 깨달았네. 무자비한

---

피아노 솔로 연주곡을 작곡해 헌정했다.

시간이 나를 향해 사나운 발톱을 들이밀었지. 그때 나는 열일곱 살이었어. 다 큰 남자애들은 장난감 집이나 가짜로 만든 정원 같은 곳에서는 놀지 않는 법이라 나는 정말이지 슬프게도 우리 집 건너편에 사는 더 어린애에게 나의 세상을 양보해야만 했어. 그렇게 그 이후로는 손으로 땅을 파낸다거나 작은 길과 통로를 계획하는 일은 없었네. 그런 작업에 남아 있는 미련이 너무나도 많아서이지. 잠시 스쳐 지나가는 어린 시절의 즐거움은 두 번 다시 돌이킬 수 없으니 말이야. 어른이 된다는 건 지옥이나 다름없어."

어른이 된다는 건 지옥이나 다름없다. 이렇게나 단호한 태도에 대하여 오늘날의 "모럴리스트들"[3]은 터무니없는 내용의 이야기를 슬쩍 귀띔할 만한 기회를 엿보며 막연한 비난이나 섞인 불평불만을 늘어놓을 것이다. 어쩌면 실제로 러브크래프트는 어른이 될 수 없었던 것이었는지도 모른다. 다만 확실한 사실은 그는 어른이 되기를 그렇게 바라지는 않았다는 것이다. 어른의 세계를 지배하는 가치들을 떠올려보면 그 안에 러브크래프트를 대입시키기가 어렵다. 현실원칙, 쾌락원

---

**3** 16~18세기 프랑스를 중심으로 인간을 탐구하고 인간다움에 대하여 성찰했던 사상가를 일컫는 말. 《수상록》을 쓴 몽테뉴를 선두로 하여 《잠언과 성찰》의 라 로슈푸코La Rochefoucauld, 《팡세》의 파스칼 등이 대표적인 모럴리스트 작가이다.

칙, 경쟁력, 끊임없는 도전 정신, 섹스 그리고 사회적 지위….
그렇게 찬양할 만한 것들은 아니다.

러브크래프트 본인은 자기 자신이 이러한 세상과 아무런 접점도 가지고 있지 않다는 사실을 알고 있었다. 그러면서도 그는 매번 지는 게임을 했다. 실전에서나 이론에서나 말이다. 그는 어린 시절을 잃어버렸고, 마찬가지로 신앙도 잃게 되었다. 그는 세상을 역겨워했으며, **더 좋은 시선으로 바라본다고 해서** 상황이 달라질 것이라고 할 만한 이유도 전혀 없다고 생각했다. 러브크래프트에게 종교란 지식의 진보로 인해 이제는 낡아빠진 유물이 되어버린 "달콤한 환상"과 같은 것이었다. 그는 언젠가 기분이 굉장히 좋은 날이면 종교적인 신념으로 뭉친 "마력의 서클"에 관하여 이야기하기도 했을 것이다. 그러나 어쨌든 간에 러브크래프트 본인은 그러한 서클에서 자신이 밀려나 있다고 생각했다.

인간의 열망에서 비롯되는 절대적인 허무감으로 인해 이렇게나 영향을 받고 뼛속까지 침범을 받는다고 느끼는 사람은 몇 명 되지 않을 것이다. 우주란 소립자들의 순간적인 배열에 지나지 않는다. 카오스를 향해 가고 있는 과도기의 형상인 것이다. 그리고 마침내는 혼돈이 만연하게 될 것이다. 그때면 인류는 사라지고 없을 것이다. 다른 종種들이 나타날 것이며, 이후 또다시 차례대로 사라질 것이다. 생명력을 절반은 잃어버린 별들에서 희미하게 새어 나오는 빛줄기만이 얼음처럼 차갑고 텅 비어버린 하늘을 가로지를 것이다. 그리고 그 별들 또한 사라질 것이다. 모든 것이 사라지고 없을 것이다. 인간의 행위란 자유로운 소립자들의 움직임처럼 어딘가에 구속되지 않고 자유로우며 아무런 의미도 지니지 않는 것이다. 선과 악, 도덕과 감정은 어떠한가? 그것들은 순전히 "빅토리아 시대[4]에 만들어진 허상"일 뿐이다. 이기주의만이 살아남을 것이다. 차갑고 어느 하나도 손상되지 않은 완전한 상태로 환한 빛을 내면서 말이다.

러브크래프트는 이러한 결론이 애초부터 분명히 우울할 수밖에 없다는 사실을 잘 알고 있었다. 1918년에도 그는 이렇게 적고 있다. "모든 합리주의는 삶의 가치와 중요성을 최소화함으로써 인간이 느낄 수 있는 행복의 총량을 축소하려는 경향을 띠네. 진실이 어떤 경우에는 자살이나 아니면 거의 자살에 가까운 수준의 우울증을 불러일으키는 원인이 되기도 하지."

유물론과 무신론에 대한 러브크래프트의 확신에는 변함이 없었다. 그는 이후 편지 하나하나에서도 가히 마조히즘적인

---

**4** 1837년부터 1901년까지 빅토리아 여왕의 통치 아래 정치와 경제, 문화, 산업 등 다양한 분야에서 최전성기를 맞았던 대영제국 시기. 시대적 특징으로는 엄격한 도덕주의에 가려진 위선과 아시아와 아프리카에서의 식민지 정책, 산업혁명을 통한 과학 문명의 발달 등을 들 수 있다. 오늘날 근대 유럽의 모습을 묘사할 때 프랑스의 벨 에포크Belle Epoque 시대와 함께 자주 쓰이는 표현이다.

희열을 느끼며 그러한 본인의 신념을 다시 한번 확인시켜 주었다.

모름지기 인생이란 의미가 없는 것이다. 하물며 죽음 또한 그렇다. 이는 누군가 러브크래프트의 세계를 발견하게 될 때 그의 간담을 서늘하게 하는 것 중 하나이다. 러브크래프트의 작품에 등장하는 주인공들의 죽음은 아무런 의미도 갖지 않는다. 마찬가지로 그 어떤 평정도 가져다주지 않는다. 그의 소설에서 등장인물의 죽음으로 이야기가 마무리되는 경우는 절대 없다. 러브크래프트는 그저 인형의 팔다리를 잘라내듯 작품 속 등장인물들을 가차 없이 파괴해 버린다. 한편, 이렇게 예기치 못하게 일어나는 끔찍한 사건들과는 상관없이 우주에 대한 공포는 계속해서 커져만 간다. 그리고 그 공포는 점차 범위를 확장해 나가 구체적인 형태를 갖추게 된다. 바로 그때 거대한 크툴루는 잠에서 깨어나는 것이다.

거대한 크툴루란 무엇인가? 그것은 우리와 마찬가지로 전자電子들의 배열이다. 러브크래프트식 공포는 엄밀하게 말해서 물질적이다. 그러나 우주의 에너지가 자유롭게 움직인다는 점을 고려한다면 아마도 거대한 크툴루는 우리보다 엄청나게 더 강력한 영향력과 행동력을 가지고 있을 가능성이 크다. **한눈에 봐도** 그다지 안심되는 상황은 아니다.

말로는 설명할 수 없는 수상한 세계를 여행하고 돌아온 러브크래프트가 우리에게 가져다준 것은 좋은 소식이 아니었다. 그는 어쩌면 현실이라는 커튼 뒤에는 무언가가 감추어져 있을지도 모르며 이따금 모습을 드러낼 수도 있다고 우리에게 말해주고 있다. 정말이지 굉장히 역겨운 무언가가 말이다.

실제로 우리의 지각이 작용할 수 있는 제한된 범위 너머에는 어떤 다른 존재들이 살아가고 있을 수 있다. 다른 생명체나 다른 종, 다른 개념, 다른 지능 같은 것들 말이다. 이들 중 어떤 것들은 지적 능력이나 지식의 측면에서 어쩌면 우리보다 훨씬 더 우월할 수도 있을 것이다. 그러나 반드시 즐겁기만 한 소식은 아니다. 우리와는 이렇게나 다른 생명체들이 이를테면 일종의 **영적인** 본성을 가지고 있다고 생각할 만한 이유는 무엇인가? 그 어떤 것도 이기주의와 악의가 지배하는 보편법칙에서 벗어난 상황을 가정할 수 있게 허용하지 않는다. 우주의 경계에서 지혜와 호의로 충만한 존재들이 우리를 어떠한 조화로운 상태로 이끌어주기 위해 기다리고 있다고 상상하는 것은 우스운 일이다. 언젠가 이들과 관계를 맺기 위해 가까이 다가가게 될 때 이들이 우리를 어떠한 방식으로 대할지 상상해 보려면 우리가 토끼나 개구리 같은 "열등한 지능들"을 어떻게 다루고 있는지를 생각해 보면 된다. 최상의 시나리오라고 하더라도 그것들은 그저 우리의 식량이 될 뿐이다. 그것도 아니면 우리는 가끔, 어쩌면 자주 그저 쾌락을 위해 그것들을 죽이기도 한다. 러브크래프트의 경고에 따르면, 이는 먼 훗날 우리가 "외계의 지능들"과 맺게 될 관계의 참모습이라고 할 수 있다. 혹여 보기에 썩 좋게 생긴 인간이라는 놈들은 마침내 해부대 위에 오르는 영광을 누릴 수도 있겠지만, 그뿐이다.

다시 한번 말하지만, 지금까지 이야기한 것 가운데 그 무엇도 말이 되지 않는다.

저물어 가는 20세기를 살아가고 있는 인간들이여, 이 황량한 우주는 전적으로 우리의 것이다. 차마 입에 담을 수 없는 무언가가 모습을 드러내는 바로 그 순간까지 공포의 감정이 겹겹의 동심원을 그리며 쌓여 나가고 있는 이렇게나 절망적인 우주를, 그 속에서 우리에게 주어진 숙명으로 상상할 수 있는 것이라곤 완전하게 **분해되어 먹어 치워지는** 것뿐인 이 우주를 우리는 절대적으로 우리만 가지고 있는 정신적인 우주로 인식해야 한다. 그리고 단 한 번의 빠르고 정확한 측정을 통해 마음의 상태를 알아내고자 하는 자에게 러브크래프트의 성공은 이미 그 자체로 불길한 징후가 된다. 우리는 다음과 같이 《고故 아서 저민과 그 가족에 관한 사실》을 시작하는 **원칙 선언문**을 오늘날 그 어느 때보다도 더 우리만의 방식으로 소화해 낼 수 있다. "삶이란 흉측한 것이다. 그리고 우리가 그것에 대해 알고 있는 사실 너머에는 때때로 우리의 삶을 천 배는 더 보기 흉하게 만들어줄 사악한 진실이 어렴풋이 자리하고 있다."

그러나 역설적인 사실은 우리가 이렇게나 흉측한 우주를 현실 세계보다 더 선호한다는 것이다. 이러한 관점에서 우리야말로 러브크래프트가 기다려온 바로 그 독자들이라고 할 수 있다. 우리는 러브크래프트가 글을 쓸 때 가졌던 것과 정확히 똑같은 마음가짐으로 그의 이야기를 읽어나간다. 사탄이든 니알라토텝이든 둘 중 뭐라도 상관은 없다. 그러나 **리얼리즘**이라면 단 일 분이라고 해도 더 이상은 견뎌내기가 어려울 것이다. 그리고 솔직하게 말하자면, 우리가 오래전부터 일상적으로 죄악을 범하며 수치스러운 굴곡을 겪는 과정에 사탄이 관여하고 있다는 사실에 비해서 사탄의 가치는 조금 평가절하되어 있다. 오히려 얼음장처럼 차갑고 사악하며 인간미라곤 찾아볼 수 없는 니알라토텝이 나은 셈이다. "수브-하쿠아 니알라토텝!"

우리는 러브크래프트의 작품을 읽는다는 것이 삶에 지친 영혼들에게 어떻게 역설적인 위안을 가져다주는지 잘 이해하고 있다. 실제로 이러저러한 이유로 인생에 대하여 진정한 **혐오감**을 어떠한 방식으로든 느끼게 된 모든 이들에게 러브크래프트의 소설을 읽어보라고 조언할 만하다. 어떤 이들은 그의 소설을 처음 읽고 나서 정신적으로 어마어마한 충격을 받기도 한다. 혼자서 미소를 지으며 콧노래를 흥얼거릴지도 모른다. 한마디로 말해서 존재를 바라보는 시각이 바뀌는 것이다.

러브크래프트라는 바이러스가 자크 베르지에를 통해 프랑스에 처음 소개된 이후로 그를 찾는 독자들의 수는 매우 빠르게 증가해 왔다. 감염된 사람 중 대부분이 그렇듯이 나로서도 열여섯 살에 어떤 "친구"의 소개를 통해 H. P. 러브크래프트를 알게 됐다. 충격이라면 충격이었다. 문학이 이런 것도 할 수 있으리라고는 생각하지 못했다. 그리고 이에 대해서는 아직도 확신이 서지 않는다. 러브크래프트의 작품에는 **정말이지 문학적이지 않은** 무언가가 있다.

이를 뒷받침하기 위해서는 무엇보다도 열다섯 명 남짓의 (예를 들어, 프랭크 벨넙 롱, 로버트 블록, 린 카터,[5] 프레드 채플,[6] 어거

---

[5] Lin Carter. 20세기 중후반 미국의 판타지 소설 작가. 일명 '사후死後 협업'으로서 로버트 E. 하워드나 클라크 애슈턴 스미스 등 이미 유명을 달리한 작가들이 생전에 미완성으로 남긴 이야기를 이어받아 완성작으로 만들어 대중에게 공개하곤 했다. 러브크래프트를 존경하는 뜻을 담아 패스티시 작품을 많이 지었으며 어거스트 덜레스와 함께 크툴루 신화를 체계화했다는 평가를 받는다.

[6] Fred Chappell. 20세기 미국의 판타지 소설 작가이자 시인. 대표작으로는 크툴루 신화를 바탕으로 쓴 심리 스릴러로 1972년 아카데미 프랑세즈에서 최우수 외국 문학상을 받은 소설 《데이곤》(1968)이 있다.

[7] 20세기 미국의 판타지 소설 작가. 열일곱 살에 러브크래프트에게 편지를 보낸 이후 약 12년간 교류하며 지냈다. 실제로는 단 한 번의 만남 없이 편지로만 우정을 나눴다. 덜레스는 러브크래프트의 크툴루 신화를 이어받아 본인이 직접 소설을 쓰기도 했는데 러브크래프트의 유물론과 무신론에는 등을 돌려

스트 덜레스[7], 도널드 완드레이[8] 등과 같은) 작가들이 H. P. 러브크 래프트가 창조한 신화들을 발전시키고 풍요롭게 하는 데 본인 작품의 일부나 전부를 바쳤다는 사실을 근거로 들 수 있다. 그 것도 남몰래 숨어서가 아니라 전적으로 공공연하게 말이다. 심지어 이러한 계보는 일종의 주술적인 기능을 수행하는 단 어들을 정확히 똑같이 사용함으로써 훨씬 더 견고한 체계를 갖추게 되었다. (아캄Arkham의 서쪽 지역에 위치하는 황량한 언덕, 미스캐토닉Miskatonic 대학, 수천 개의 기둥이 세워져 있는 도시 아이 렘Irem…. 르뤼에R'lyeh,[9] 사르나스Sarnath,[10] 데이곤Dagon, 니알라토텝 …. 그리고 무엇보다도 차마 입에 담을 수도 없을 만큼 불경스러워 서 오로지 나지막하게만 불러볼 수 있는 《네크로노미콘Necronomicon》 까지.) "천 마리의 새끼를 거느리는 염소! 슈브 니구라스Shub-Niggurath! 만세! 만세!"

---

독자적인 길을 걸으면서도 기존의 모호했던 신화의 기본 설정을 구체화했다 는 평가를 받는다. 1939년 도널드 완드레이와 함께 러브크래프트 관련 작품 을 전문적으로 출간하는 아캄 하우스 출판사를 세워 운영했다.

**8** 20세기 미국의 판타지 소설 작가. 프로비던스에 있는 러브크래프트를 만나 기 위해 본인이 살고 있던 미네소타주에서 로드아일랜드주까지 히치하이킹 으로 갔다는 일화가 있다. 프랭크 벨냅 롱이나 클라크 애슈턴 스미스 등과 함 께 러브크래프트 서클을 이루어 작품 활동을 이어나갔으며《위어드 테일즈》 에 총 14편의 단편소설을 실었다. 러브크래프트를 살아 있는 전설로 남긴다 는 목표를 가지고 어거스트 덜레스와 함께 아캄 하우스 출판사를 열었으나 1970년대에는 회사를 상대로 긴 소송을 벌일 만큼 사이가 나빠졌다.

**9** 《러브크래프트 전집》(황금가지)에는 '리예'로 표기되어 있다.

**10** 번역본에 따라 '사르나트'라고 표기되기도 한다.

예술 작품이 가질 수 있는 최고의 가치로 독창성을 중시하던 시대에 이러한 현상은 두말할 것도 없이 사람들을 놀라게 했다. 마침 프랑시스 라카생[11]도 지적하고 있듯이, 실제로 호메로스나 중세 시대에 기사의 무용담을 노래하던 서사시 이후로는 이러한 종류의 예술이 기록되어 있는 바가 없다. 여기서 우리는 "시조 신화"라고 부를 수 있는 것을 다루고 있다는 사실을 겸허히 받아들여야 한다.

---

**11** 프랑스의 대중문화 평론가이자 작가. 1960년대 프랑스에서 '제9의 예술'로서 만화를 대중화하는 데 힘썼으며, 1982년부터 로베르 라퐁 출판사의 문학 전집 시리즈 《부캥Bouquins》에서 러브크래프트를 포함한 여러 작가의 선집을 편집하는 일을 맡았다.

# 관례적 문학

대중적으로 흥행하는 신화를 창조한다는 것은 미세하게 서로 다른 용어들이 새롭게 반복되어 사용되는 것에 독자가 매번 현혹되어 목이 빠지도록 작품을 기다리거나 작품을 읽을 때마다 배가 되는 즐거움을 누리는 하나의 관례를 창조하는 것과 마찬가지다.

이렇게 소개하니 꽤 간단해 보인다. 그러나 문학사를 살펴보면 성공한 사례는 드물다. 실제로는 하나의 새로운 종교를 창조하는 것이 더 쉬울 것이다.

무엇이 문제인지 이해하기 위해서는 영국 사람들이 셜록 홈스의 죽음으로 얼마나 큰 실망감에 잠식당했었는지를 몸소 느낄 수 있어야 한다. 코난 도일에게는 선택의 여지가 없었다. 그는 결국 주인공을 부활시켜야만 했다. 죽음 앞에서 항복한 그가 마침내 무기를 내려놓자 세계는 체념이라는 슬픈 감정에 사로잡혔다. 어쩌면 이미 나와 있는 50여 편의 《셜록 홈스》를 지치지 않고 읽고 또 읽는 것만으로 만족해야 했을 것이다. 또는 이야기를 계속해서 이어나가는 다른 작가들과 작품을 해설해 주는 평론가들이 있다는 사실을 다행으로 여겨야만 했을 것이다. 마음 한편으로는 신화의 절대적인 중심, 즉 그 중심의 핵이 영속될 수 없음을 애석해하면서도, 반드시 있을 수밖에 없는 (그리고 때때로 재미를 주기도 하는) 패러디 작품들을 덤덤하게 웃으며 맞이해야 했을 것이다. 그렇게 언젠가는 인도 군부대의 오래된 트럭 짐칸에서 아직 출간되지 않은 셜록 홈스의 이야기들이 우연히 마법처럼 발견될 수 있었을지도 모를 일이다….

코난 도일을 동경했던 러브크래프트는 셜록 홈스만큼이나 대중의 사랑을 받으며 강인한 생명력과 거부할 수 없는 매력을 지닌 신화를 창조해 내는 데 성공했다. 사람들은 이 두 작가가 모두 **훌륭한 이야기꾼**이었다고 말한다. 물론 틀린 말은 아니다. 그러나 중요한 건 그게 아니다. 알렉상드르 뒤마[12]나

---

12 Alexandre Dumas. 19세기 프랑스의 극작가이자 소설가. 1829년 희곡《앙리 3세와 그의 궁전》을 발표하며 명성을 얻게 되었고, 이후 신문에 연재소설을 기고하며 본격적인 소설 집필 활동을 시작했다. 대표작으로는《삼총사》

쥘 베른[13]도 형편없는 이야기꾼은 아니었다. 그러나 이들의 작품에서는 베이커가Baker Street에 살았던 어느 한 탐정의 영향력에 버금가는 요소가 전혀 보이지 않는다.

셜록 홈스의 이야기가 한 명의 등장인물에만 초점을 맞추고 있다면, 그와 달리 러브크래프트의 작품에서는 정말이지 인간이라는 종의 존재를 단 한 명도 찾아볼 수 없다. 이것이 바로 중요하고도 또 중요하지만 사실 그렇게까지 중요하다고는 볼 수 없는 차이점이다. 이는 신이 있다고 믿는 종교와 신이 없다고 믿는 종교의 차이와 비슷하다고 볼 수 있다. 또 다른 한편으로는 이 둘을 비교할 수 있도록 해주는 아주 본질적인 특징, 이른바 **종교적인** 특징은 정의를 내리기에 ─심지어는 곧바로 직면하기에도─ 까다로운 문제이다.

또 하나 작은 차이점이 있다면 ─문학사에서는 미미하나 개인 대 개인으로 보면 극적이라고 할 수 있는데─ 코난 도일의 경우 자신이 굉장히 중요한 신화 하나를 세상에 탄생시키는 중이라는 것을 자각할 기회가 충분히 있었다는 것이다. 그러나 러브크래프트의 경우에는 그렇지 않았다. 그는 생을 마감

---

(1844)와《몽테크리스토 백작》(1845)이 있다.

**13** Jules Verne. 19세기 프랑스의 소설가. 기발하고 풍부한 상상력을 바탕으로 이국적인 곳으로의 모험을 주요 이야기 소재로 삼았으며, 투명인간이나 우주여행, 해상도시 등과 같이 미래적인 개념을 적극적으로 활용하여 과학 소설의 선구자라는 평가를 받는다. 대표작으로는《해저 2만 리》(1869)와《80일간의 세계 일주》(1873) 등이 있다.

하는 바로 그 순간 본인이 창조해 낸 것들도 자신과 함께 파멸해 버릴 것 같은 기분을 분명히 느꼈다.

그러나 그에게는 이미 문하생들이 있었다. 다만 러브크래프트 본인은 이들을 제자로 생각하지 않았다. 러브크래프트가 (로버트 블록이나 벨냅 롱 등과 같은) 젊은 작가들과 편지를 주고받으며 지낸 것은 사실이지만 그렇다고 해서 그들에게 본인이 걷는 길에 합류하라고 조언했던 것은 아니었다. 러브크래프트는 자기 자신이 누군가의 스승이나 모델이 될 수 있다고 생각하지 않았다. 그는 그들이 써오는 초고를 섬세하고도 겸손하게 모범적인 태도로 살펴봐 주었다. 그들에게 러브크래프트는 예의 바르고 상냥하며 친절하기까지 한 진정한 친구이지, 단 한번도 스승 같은 존재는 아니었을 것이다.

받은 편지에 대해서는 답장을 하지 않고 넘어가는 일이 절대 없는가 하면, 글을 교정하고 받아야 하는 작업비가 들어오지 않을 때 입금을 요청하는 일에도 관심이 없었고, 본인이 없었으면 세상에 나오지도 못했을 소설들에 대해서도 번번이 자신의 기여가 부족하다고 생각하는 등 러브크래프트는 평생 진정한 **신사**의 면모를 보였다.

본인도 물론 소설가가 되고 싶었을 것이다. 다만 **무엇보다도** 그러한 바람에 매달리지 않았을 뿐이다. 1925년, 실의에 빠진 러브크래프트는 이렇게 적는다. "더 이상은 새로운 소설을 쓰지 않겠다고, 그러고 싶은 기분이 들면 그저 상상만 하겠다고 거의 굳게 마음먹었네. (다만 나의 꿈을) 돼지 같은 대중을 위해 글로 적어내는 것과 같은 천박한 짓만큼은 멈추지 않을 걸세. 문학은 젠틀맨이 추구할 만한 적절한 목표가 되지 못한다는 결론이네. 그리고 글을 쓰는 행위도 그저 드문드문 탐닉할 수 있는 하나의 고상한 재주나 식견으로만 여겨져서는 절대 안 된다고 생각하네."

다행히도 러브크래프트는 계속해서 작품을 써나갔다. 그의 작품 중 가장 훌륭한 것들은 위와 같은 편지를 쓴 이후에 쓴 것들이다. 그러나 무엇보다 그는 마지막 순간까지도 "(로드 아일랜드주) 프로비던스 출신의 친절한 노신사"로 남아 있었다. 그리고 결단코, 정말이지 단 한번도, 전업 소설가인 적은 없었다.

역설적이게도 러브크래프트의 작품 속 등장인물은 어떤 면에서는 우리를 매료시키고 있다. 그도 그럴 것이 그가 추구하는 가치들로 구축된 세계는 우리의 세계와 정확히 정반대에 있다. 원래부터 인종차별주의자인 데다가 공연히 반동분자로 불리곤 했던 러브크래프트는 청교도에서 무언가를 금기시하는 문화를 찬양하는가 하면 "대놓고 선정적인 것"은 아주 분명한 혐오감을 불러일으킨다고 생각했다. 상업주의에 강력한 반기를 들었던 러브크래프트는 자본을 경멸했으며 민주주의란 허튼짓이고 진보는 환상일 뿐이라고 생각했다. 미국인들은 아껴 마다하지 않는 "자유"라는 단어가 러브크래프트에게는 서글픈 냉소만을 일으킬 뿐이었다. 그는 일평생 전형적으로 귀족적인 태도를 유지하며 인류 전체를 경멸하며 살았으나 개인 한 명 한 명에게는 지나치게 친절한 사람이었다.

어쨌든 간에 러브크래프트와 **개인적으로** 친분이 있었던 사람들은 그의 부고를 듣고 모두 굉장히 가슴 아파했다. 예를 들어, 로버트 블록은 "러브크래프트의 건강 상태를 사실대로 알고 있었다면 땅에 무릎을 질질 끌어서라도 그를 만나러 프로비던스로 갔을 텐데."라고 적은 바 있다. 한편, 어거스트 덜레스는 이제는 떠나고 없는 친구가 생전에 남겨 놓은 글들을 모아 편집하여 사후 발표작으로 출간하는 일에 본인의 남은 일생을 바쳤다.

실제로 덜레스와 다른 몇몇 작가들 덕분에 (그중에서도 특히 덜레스의 기여가 가장 크기는 하지만) 러브크래프트의 작품은 세상에 나올 수 있었다. 그의 작품은 오늘날 우리에게 거대하고 화려한 계단들이 층층이 쌓여 있는 바로크 시대의 웅장한 건축물과 같은 모습으로, 맹목적인 공포와 경탄의 감정이 소용돌이치며 그려내는 일련의 동심원 형태로 존재하고 있다.

• 가장 바깥쪽에 있는 첫 번째 동심원: 편지와 시. 그중 일

부만이 책으로 출간되어 있으며, 그중에서도 또 일부만이 프랑스어로 번역되어 있다. 이 중 압권은 단연 편지이다. 약 10만 통의 편지가 있는데, 몇 통은 분량이 30~40장이나 된다. 시의 경우, 정확히 몇 편이 쓰였는지 현재로서는 헤아려진 바가 없다.

• 두 번째 동심원은 러브크래프트가 저술에 참여했던 소설들이 포함될 수 있을 것이다. (케네스 스털링[14]이나 로버트 발로[15] 등과 함께 작업한 것처럼) 러브크래프트가 처음부터 다른 작가와 공동으로 글을 쓰기 시작하거나 아니면 다른 작가의 글을 교정해 주는 식으로 말이다. (후자에 해당하는 사례는 무수히 많다. 러브크래프트가 공동 저자로서 차지하는 비중은 범위가 다양하다. 때로는 글 전체를 그가 다시 썼던 경우도 있었다.)

또 러브크래프트가 남기고 떠난 메모와 짧은 글들을 바탕으로 쓰인 덜레스의 소설들도 추가할 수 있을 것이다.[16]

---

**14** Kenneth Sterling. 20세기 초중반 판타지 소설 작가이자 의사. 열네 살에 러브크래프트를 알게 된 이후 꾸준히 편지를 주고받으며 가까운 사이로 지냈다. 또한 러브크래프트를 회상하며 쓴 전기인 《러브크래프트와 과학 Lovecraft and Science》(1944)을 출간했다.

**15** Robert Barlow. 20세기 초 소설가. 러브크래프트와 함께 총 6편의 단편소설을 썼다. 러브크래프트의 사후에는 그의 유언을 집행하기 위해 직접 프로비던스로 가서 남겨진 원고들을 찾아 정리하여 브라운 대학교의 존 헤이John Hay 도서관에 기부하는 일을 맡았을 정도로 생전에 각별했던 사이로 알려져 있다.

**16** [우엘벡 註] 제 뤼J'ai Lu 출판사에서 출간됐다. 표지에는 이제는 고전이 된

• 세 번째 동심원에서야 비로소 실제로 하워드 필립스 러브크래프트가 쓴 소설들을 만날 수 있게 된다. 이 동심원에서는 당연히 단어 하나하나가 중요하다. 전부 프랑스어로 번역되어 있으며, 여기서 더 새로운 책이 나온다는 것은 기대할 수 없는 일이다.

• 마지막으로 개인의 독단적인 결정이 아닌 공동체의 합의를 통해 H. P. 러브크래프트 신화의 절대적인 핵심이라고 할 수 있는 네 번째 동심원을 그려볼 수 있다. 여기에는 러브크래프트의 골수팬들이 자기들도 모르게 "그랑 텍스트"라고 부르는 작품들이 들어 있다. 오로지 기쁜 마음으로 해당 작품들을 집필 연도와 함께 아래에 적는다.[17]

《크툴루의 부름》(1926)
《우주에서 온 색채》(1927)
《던위치 호러》(1928)
《어둠 속에서 속삭이는 자》(1930)
《광기의 산맥》(1931)
《위치 하우스에서의 꿈》(1932)

---

H. P. 러브크래프트의 늠름한 사진이 원형 보석에 새겨진 초상화의 모습으로 그려져 있다.

**17** [우엘벡 註] 여기서 인용한 8편의 작품은 프랑스에서 처음으로 출간된 러브크래프트 전집으로서 전설의 탄생을 알렸던 《미래의 현존Présence du Futur》시리즈의 4권과 5권의 목차를 이룬다.

《인스머스의 그림자》(1932)

《시간의 그림자》(1934)

H. P. 러브크래프트가 세워 올린 완벽한 건축물 위로는 그의 개성이 뿌연 안개가 출렁거리듯 묘한 그림자를 드리우고 있다. 누군가는 러브크래프트라는 인물 그 자체와 그가 쌓아온 업적, 그가 보여준 행동, 그가 써낸 아주 짧은 파편의 글들을 둘러싸고 있는 숭배의 분위기가 지나치게 과장되어 있을 뿐더러 병적인 수준이라고 생각할 수도 있을 것이다. 그러나 장담하건대 일단 한번 "그랑 텍스트"에 흠뻑 빠져들고 나면 생각이 바뀔 것이다. 그러한 은혜를 베푸는 누군가를 신처럼 숭배하게 되는 것은 자연스러운 결과이다.

러브크래프트의 뒤를 잇는 작가 세대도 이를 놓치지 않았다. 언제나 그렇듯이 "프로비던스의 은둔자"라는 인물은 이제 그가 창조해 낸 것들과 마찬가지로 또 하나의 신화가 되었다. 특히나 놀라운 사실은 러브크래프트가 쓰고 있는 신화의 탈을 벗겨내려는 시도들이 여러 번 있기는 했으나 모두 **실패로 돌아갔다는** 점이다. 그의 일생을 **자세하게** 풀어낸 전기 중 그 어떤 것도 러브크래프트라는 인물에게서 풍기는 비장하면서도 기묘한 아우라를 흩뜨리는 데에는 성공하지 못했다. 실제로 스프라그 드 캠프[18]는 500여 페이지나 쓰고 난

---

**18** Sprague de Camp. 20세기 미국의 판타지 소설 작가. 일찍부터 항공 공학자

이후에도 "H. P. 러브크래프트라는 사람이 누구인지 전혀 이해하지 못했다."라고 고백해야만 했다. 어떤 방식으로 접근하든지 하워드 필립스 러브크래프트는 정말이지 **굉장히** 특이한 사람이었다.

러브크래프트의 작품은 엄청난 규모와 전대미문의 효율성을 자랑하는 거대한 꿈 기계에 비교할 만하다. 그의 작품에서는 그 어떤 것도 평온하거나 신중하지 않다. 그의 이야기가 독자의 의식 상태에 끼치는 영향은 어마어마하게 거칠고 폭력적이다. 심지어 그 후폭풍은 위태로우리만큼 천천히 옅어진다. 이미 읽은 작품을 한 번 더 읽는다고 해서 그렇게 눈에 띌 만한 변화가 생기는 것도 아니다. 아니면 독자에 따라서는 결국 다음과 같은 질문을 던질 수밖에 없게 된다. "도대체 뭘 어떻게 한 거지?"

이는 H. P. 러브크래프트가 특별한 경우라는 점을 고려할 때 전혀 무례하지도 우스꽝스럽지도 않은 질문이다. 실제로 "보통의" 문학작품과 비교하여 그의 작품에서만 보이는 특징이 있다면, 그것은 바로 그를 따르는 제자들이 적어도 이론상으로는 스승이 알려준 재료들을 적절하게 사용하기만

---

로서 활동했으며 제2차 세계대전 동안에는 필라델피아의 해군 항공부대 실험기지에서 근무했다. 약 100여 편의 단편소설을 썼으며,《러브크래프트 전기Lovecraft: a Biography》(1975)를 출간한 바 있다.

한다면 같은 수준이거나 아니면 그보다도 훨씬 더 뛰어난 결과를 얻을 수 있다고 생각한다는 점이다.

프루스트의 작품 세계를 **이어나가겠다고** 진지하게 생각한 사람은 단 한 명도 없었다. 하지만 러브크래프트의 경우 상황이 다르다. 오마주나 패러디라는 명목하에 제2의 새로운 작품을 쓰는 것이 아니라, 소설의 뒷이야기를 정말로 이어나가는 방식이다. 현대문학사에서 러브크래프트가 유일한 사례다.

한편, H. P. 러브크래프트의 **꿈 발전기** 역할은 비단 문학에서만 그치지 않는다. 그의 작품은 적어도 로버트 E. 하워드의 작품이 그랬던 것처럼 판타지 일러스트레이션 분야에도 강력한 부흥을 불러일으켰다. 심지어 일반적으로 문학과 관련된 것이라면 신중한 편인 록 음악 또한—하나의 힘에서 또 다른 힘을 끌어내기 위해, 하나의 신화에서 또 다른 신화를 만들어내기 위해—러브크래프트를 오마주하고자 했다. 건축이나 영화 분야에서 러브크래프트의 작품을 함축하고 있는 경우로 말할 것 같으면, 예민한 독자에게는 금방 눈에 띌 것이다. 정말로 하나의 새로운 세계가 건축된 것이다.

이때 중요한 것은 어떤 벽돌로 그 기초를 이룰 것이며 그것을 어떤 기술로 쌓아 올릴 것인가에 있다. 그 강력한 영향력을 계속해서 이어나갈 수 있으려면 말이다.

II.

# 공격의 기술

오늘날 지구의 표면은 전부 인간이 손으로 만든 고리들이 불
규칙한 밀도를 이루는 네트워크로 덮여 있다.

이 네트워크 안에는 사회라는 생명선이 흐른다. 사람과 상
품, 식료품을 실어 나르는 교통수단과 끊이지 않는 거래, 판
매 주문과 구매 주문, 서로 교차하는 정보들, 이전보다 훨씬
더 엄격해진 지적 또는 감정적 교류…. 이렇게 끊이지 않고
이어지는 흐름은 사람들이 자기 자신의 모습을 보고 마치 움
찔거리는 시체와 같다고 생각하게 함으로써 혼란을 불러일
으킨다.

한편, 이러한 네트워크 속에서 고리들이 조금 더 느슨하게
연결된 곳에서는 "지식에 굶주려" 갈망하고 있는 누군가에 의

해 낯선 개체들의 존재가 간파당하고 있다. 인간의 행위가 멈춰 있는 곳이라면 어디든지 즉 **지도에 여백이 있는** 곳이라면 어디가 됐든지 그곳에는 고대 신들이 원래 본인들이 차지하고 있었던 자리를 되찾을 준비를 하며 몸을 숨기고 있다.

마치 압둘 알하자드Abdul Al-Hazred라는 이름의 어떤 한 회교도 시인이 무려 10년이라는 완전한 고독의 세월을 보낸 이후 기원전 731년경 아라비아반도 내륙에 있는 무시무시한 규모의 룹알할리Rub-al-Khali 사막¹으로 돌아온 것처럼 말이다. 이슬람교의 규율에는 별다른 관심이 없어진 시인은 이후 몇 년간을 신성을 모독하는 반종교적인 책을 집필하는 데 보내게 되는데, 그 책이 바로 그렇게나 역겹다는 《네크로노미콘》이다. (책의 사본 몇 부는 불타는 장작더미에서 살아남아 후대에 전해지게 되었다.) 이후 시인은 다마스Damas라는 도시에 장터가 열린 광장에서 사람의 눈에는 보이지 않는 괴물들에게 대낮에 산 채로 잡아먹혀 생을 마치게 된다.

한편, 티베트 북부 지방에 사람의 손길이 닿지 않는 언덕 위에는 쵸쵸Tcho-Tchos라는 덜떨어진 종족이 이리저리 깡충깡충 뛰어다니며 차마 그 이름을 언급할 수도 없을 만큼 경건한 신성을 숭배하며 지내는데, 그것은 바로 "그레이트 올드 원"이라고 불리는 것이다.

---

1  아라비아반도 남부의 사막. 사하라 사막에 이어 세계에서 두 번째로 넓은 사막으로 아랍어로 '텅 빈 지역'이라는 뜻이다.

거대하게 펼쳐진 남태평양에서는 여러 개의 화산이 때때로 난데없는 경련을 일으키며 기이하게 생긴 잔재들을 세상 밖으로 뿜어내곤 한다. 이것들은 기하학적인 관점에서 절대로 인간이라고는 볼 수 없는 조각상의 모습을 띠고 있는데, 그 앞에서는 투아모투~Tuamotu 제도[2]의 무기력하고 타락한 원주민들이 희한한 방식으로 몸통을 구부리며 큰절을 하고 있다.

인간이 왕래하며 접촉하는 경로들이 교차하는 곳에는 거대하고도 흉측한 도시들이 세워져 있다. 그곳에서는 외관이 아주 똑 닮은 건물의 이름 없는 방 안에서 모두가 각자 고립된 채로 자기 자신이 이 세상의 중심이며 이 세상에 존재하는 모든 것의 척도가 된다고 전적으로 믿으며 살아가고 있다. 그러나 이렇게 땅을 파헤치는 습성을 가진 벌레들이 파놓은 땅굴 아래에는 아주 오래되고도 아주 강력한 힘을 지닌 생명체들이 서서히 잠에서 깨어나고 있다. 이들은 석탄기[3] 시대부터 이미 그곳에 존재하고 있었으며, 트라이아스기[4]와 페름

---

2 남태평양 프랑스령 폴리네시아의 군도.
3 약 3억 5920만 년 전에서 2억 9900만 년 전 사이에 해당하는 고생대의 한 시기. 대규모의 석탄층이 생성된 시기이다.
4 약 2억 5000만 년 전에서 2억 년 전 사이에 해당하는 중생대의 첫 번째 시기. 해당 시기의 지층에서 세 가지 서로 다른 색깔의 암석이 층층이 쌓여 있는 것이 발견된 것에서 이름이 유래한다. 자료에 따라 '삼첩기'라고 부르기도 한다.

기[5] 때에도 같은 곳에 자리하고 있었던 셈이다. 이들은 최초의 포유동물이 태어나며 우는 소리를 들었으나, 이후 최후의 포유동물이 죽음을 맞이하는 그 순간에 울부짖는 소리도 듣게 될 것이다.

하워드 필립스 러브크래프트는 이론가가 아니었다. 자크 베르지에도 분명하게 지적하고 있듯이, 러브크래프트는 공포와 환상의 심장으로 물질주의를 끌어옴으로써 하나의 새로운 장르를 탄생시켰다. 뱀파이어나 늑대인간이 나오는 소설들처럼 더 이상은 그 이야기가 진짜인지 믿을지 말지의 문제가 아니다. 러브크래프트의 작품에는 새로운 해석의 가능성으로 빠져나갈 구멍도 보이지 않는다. 인간의 심리를 이보다도 더 소홀하게 다루며 **논란의 여지**가 이보다도 더 적은 판타지 소설도 없다.

한편, 러브크래프트는 본인이 무슨 일을 하고 있는지는 완벽하게 의식하지 못했던 것 같다. 그는 판타지 소설 분야에 관하여 150여 페이지 분량의 수필을 쓰기도 했다. 그러나 《문학에서의 초자연적 공포》[6]는 다시 한번 읽어보면 조금

---

5 약 2억 9900만 년 전에서 2억 5000만 년 전 사이에 해당하는 고생대의 마지막 시기. 석탄기의 다음이자 트라이아스기의 이전에 해당하며 지구의 역사상 최대 규모의 대멸종이 일어난 시기이다.

6 국내에서는 북스피어 출판사에서 《공포 문학의 매혹》이라는 제목으로 번역하여 출간한 바 있다. 본문의 제목은 원제 "Supernatural Horror in Literature"

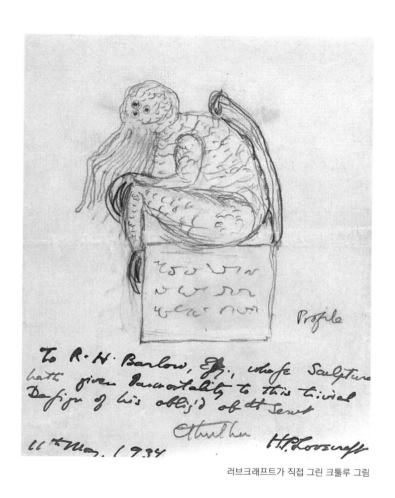

러브크래프트가 직접 그린 크툴루 그림

은 실망스러운 부분이 있다. 솔직하게 말해서 심지어는 약간 **시대에 뒤떨어진다는** 느낌이 들기도 한다. 그리고 우리는 마침내 그 이유를 이해할 수 있게 되는데, 그것은 바로 러브크래프트 본인이 판타지 소설 분야에 공헌한 바에 대해서는 다루지 않고 있기 때문이다. 이 책에서 우리는 러브크래프트의 소양과 취향에 대하여 많은 것을 배울 수 있다. 그가 에드거 앨런 포, 로드 던세이니, 아서 매컨,[7] 앨저넌 블랙우드[8]를 동경했다는 사실도 알 수 있다. 그러나 러브크래프트 본인이 어떤 글을 써낼 것인지에 관해서는 그 어떤 부분에서도 짐작해 낼 수가 없다.

문제의 수필은 1925년에서 1926년 사이에 쓰인 것이다. 이는 H. P. 러브크래프트가 "그랑 텍스트" 시리즈를 본격적으

를 직역한 것이다.

**7** Arthur Machen. 19세기 후반과 20세기 초에 활동했던 영국의 판타지 소설 작가. '아서 매컨'은 필명이고, 본명은 '아서 루엘린 존스Arthur Llewellyn Jones'이다. 우주 존재에 대한 공포를 소재로 하는 판타지물의 창시자로 여겨진다. 실제로 러브크래프트의 《던위치 호러》는 스티븐 킹이 '영어로 쓰인 최고의 공포 소설'이라고 묘사한 바 있는 매켄의 《위대한 목신》(1890)을 오마주한 것으로 알려져 있다.

**8** Algernon Blackwood. 19세기 후반과 20세기 초에 활동했던 영국의 판타지 소설 작가이자 시나리오 작가. 대표작으로는 범신론적 세계관을 바탕으로 쓰인 《버드나무》(1932)와 초자연적 세계를 볼 수 있는, 의사이자 탐정인 '존 사일런스John Silence'의 이야기 시리즈가 있다. 러브크래프트는 《문학에서의 초자연적 공포》에서 현대 공포 문학의 거장 중 한 명으로 블랙우드를 언급한 바 있다.

로 써내기 시작하기 바로 직전에 해당한다. 여기에는 아마도 단순한 우연의 일치 이상의 무언가가 있을 것이다. 아마도 그는 자기 자신이 근본적으로 완전하게 새로운 길로 걸어 들어감으로써 판타지 소설이라는 장르를 해체해 버리기 전에 그전까지 해당 분야에서 이루어졌던 모든 것을 돌아보며 정리할 필요성을 무의식적으로, 어쩌면 심지어는 의식적으로, 다시 말하자면 **유기적으로** 느꼈을 것이다.

우리는 H. P. 러브크래프트가 소설을 창작할 때 어떤 기술들을 사용했는지에 대해 조사하는 과정에서 그가 본인과 교류하는 젊은이들에게 남겼던 편지와 논평, 조언 속에서도 필요한 정보들을 찾아내고자 할 수도 있었다. 그러나 이번에도 결과는 예상과는 달리 실망스러웠다. 그럴 만도 한 것이 러브크래프트는 무엇보다 상대방의 개성을 고려하고자 했다. 그는 언제나 글쓴이가 어떤 이야기를 쓰고 싶은 것인지를 이해하는 작업부터 시작했다. 그리고 나서는 글쓴이가 의도한 소설에 완벽하게 들어맞는 구체적이면서도 정확한 조언만을 써주었다. 게다가 러브크래프트 본인으로서도 가장 지켜내지 못하는 방법을 추천하는 일도 자주 있었다. 심지어는 "괴물 같은, 형언할 수 없는, 말로는 다 표현할 수 없는 등과 같은 형용사들을 너무 많이 사용하지 말라고" 조언하기도 한다. 그의 소설을 읽는 우리에게는 아주 당황스러운 내용이

다. 실제로 일반적인 범위에서 적용할 수 있는 지시사항으로
는 1922년 2월 8일 프랭크 벨냅 롱에게 썼던 편지의 내용이
유일하다. "나는 절대 억지로 이야기를 쓰려고 하지 않네.
그저 어떤 이야기가 쓰일 필요가 있을 때까지 기다릴 뿐이
지. 소설을 쓰겠다고 단단히 마음먹고 작업을 시작하면 결과
는 그저 그렇기도 할뿐더러 품질도 굉장히 떨어지지."[9]

그렇다고 해서 러브크래프트가 **창작의 기술**의 문제에 관하여
무관심한 것은 아니었다. 그는 보들레르나 에드거 앨런 포
와 마찬가지로 특정한 개요나 정형화된 공식, 일정한 규칙성
을 엄격하게 적용하는 것이 완벽으로 향하는 길이라는 생각
에 사로잡혀 있었다. 심지어는 《비망록》[10]이라고 제목을 붙
인 30페이지 분량의 작은 노트에 최초의 개념화 작업을 손으
로 직접 적어보기도 했다.

---

**9**  해당 편지의 번역은 기존에 영어로 작성된 편지의 원문을 우엘벡이 프랑스
어로 번역한 것을 참고하여 옮겨 적은 것이다. 우엘벡의 프랑스어 번역본과
는 다소 차이가 있는 영어 원문을 바탕으로 번역하면 다음과 같다. "내가 절
대로 하지 않는 한 가지가 있다면 그것은 바로 억지로 이야기를 써내려고 자
리에 앉아 펜을 잡는 일이네. 그러면 그저 하찮은 문장들만 쓰게 되거든. 내
가 쓰고 싶은 건 이야기의 핵심적인 아이디어와 생각나는 이미지, 느껴지는
분위기가 그저 자연스럽게 떠오르는 것들뿐일세."

**10**  영어 원제는 *Commonplace Book*이며, 프랑스어로는 가정에서 일어나는 중요
한 내용을 메모나 일기의 형식으로 기록한 글을 일컫는 'Livre de Raison'으
로 번역되었다.

아주 간략하게 적혀 있는 첫 장에서 러브크래프트는 (장르가 판타지든 아니든 상관없이) 소설을 쓰는 방법에 관한 일반적인 조언을 제시하고 있다. 그리고 나서는 "위어드 픽션에서 유용하게 사용될 만한 기초적인 공포 요소"를 유형화하여 정리한다. 아주 긴 분량의 마지막 장은 1919년과 1935년 사이에 작성된 짧은 메모들의 묶음으로 이루어져 있는데, 대부분 하나의 문장으로 쓰인 각각의 메모에는 괴이한 이야기의 출발점이 될 만한 내용이 담겨 있다.

러브크래프트는 본인이 손으로 직접 작성한 이 공책을 평소처럼 너그러운 마음으로 기꺼이 친구들에게 빌려주면서 그들이 소설을 쓰고자 할 때 그곳에 적혀 있는 이런저런 아이디어를 망설이지 말고 사용할 것을 권유하곤 했다.

실제로 《비망록》은 무엇보다도 훌륭한 상상력 자극제이다. 그 안에는 현기증을 일으킬 정도로 아찔한 아이디어들이 꿈틀대고 있는데, 그 양이 얼마나 많은지 그중에서 열에 아홉은 러브크래프트나 아니면 그 누가 됐든지 간에 다른 누군가를 통해 지금까지도 글로 발전되지 못했을 정도이다. 한편, 아주 간단하게 이론적인 설명을 적은 부분에서는 러브크래프트가 판타지 소설을 높이 평가한다는 사실과 함께 책의 내용이 완전히 일반화될 수 있을 뿐만 아니라 인간 의식의 기본을 이루는 요소들과 밀접한 관련을 맺고 있다는 것을 확인시켜 주고 있다. (예를 들어, 그는 "기초적인 공포 요소"로서

"모든 불가사의하고 불가역적인 걸음은 파멸을 향해 나아간다."라는 명제를 들고 있다.)

그러나 H. P. 러브크래프트가 사용했던 창작의 기술에 대하여 이보다 더 자세한 내용은 알아낼 수가 없다. 《비망록》에서는 건물의 기초를 이루는 벽돌을 제공하는 반면, 그것들을 어떻게 쌓아 올릴 수 있는지에 관하여는 아무런 지침도 제시해주고 있지 않다. 이는 어쩌면 러브크래프트에게는 지나친 요구였을지도 모를 일이다. 천재성을 가지고 있는 동시에 본인이 천재라는 사실을 인지한다는 것은 어렵고도 어쩌면 불가능한 일이기 때문이다.

이를 더욱 자세하게 알아낼 방법은 딱 하나 있다. 단연 가장 그럴듯해 보이는 방법이기도 하다. 그것은 바로 H. P. 러브크래프트가 쓴 소설의 텍스트 속으로 흠뻑 빠져보는 것이다. 먼저 그가 인생의 마지막 10년 동안 쓴 "그랑 텍스트"들의 내부를 탐험해볼 수 있다. 거기에는 러브크래프트가 사용했던 창작의 기술들이 절정에 달해 있다. 그러나 그전에 썼던 글들도 빠트려서는 안 된다. 그곳에서는 마치 한 편의 광란한 오페라가 절정을 향해 달려 나아갈 때 악기들 하나하나가 그 속으로 합체되어 빨려 들어가기 직전에 서로 차례를 돌아가며 찰나의 순간 동안 솔로의 멜로디를 내기라도 하는 듯이, 러브크래프트의 예술을 구현하는 방식들이 하나하나씩 세상의 빛을 보게 되는 장면을 목격하게 될 것이다.

# 눈부신 어느 날의 자살처럼
# 이야기를 공격하라

판타지 이야기의 전형적인 발상은 다음과 같이 요약할 수 있을 것이다. 처음에는 아무런 사건도 일어나지 않는다. 등장 인물들은 평범하고도 평화로운 행복감에 젖어 있다. 이를테면 미국의 교외 지역에 사는 어느 한 보험 설계사의 가정생활이야말로 이를 상징적으로 보여주는 적절한 사례일 것이다. 아이들은 야구를 하고 아내는 이따금 피아노를 치기도 할 것이다. 모든 것이 순조롭다.

이후 그다지 대수롭지 않아 보이는 사건들이 하나둘씩 발생하기 시작하며 아슬아슬하게 동시에 겹쳐 일어나기도 한다. 겉으로는 그럴듯해 보이는 평범한 일상에 균열이 생기고 불안한 억측들이 상상의 나래를 펼치게 된다. 악의 힘은 이

토록 인정사정없이 무대 위에 모습을 드러낸다.

이러한 발상은 실제로 인상 깊은 결과를 낳으며 끝을 맺는
다는 점에 주목해야 한다. 그러한 사례로는 리처드 매드슨[11]
의 소설들이 절정에 이를 때 (슈퍼마켓이나 주유소 등과 같이)
그저 평범하기 짝이 없는 배경들을 기꺼이 선택하며 일부러
무미건조한 산문체로 묘사하는 것을 들 수 있을 것이다.

하워드 필립스 러브크래프트는 위에서 설명한 것과 정반대
인 방식으로 이야기에 접근한다. 러브크래프트의 작품에는
"균열이 생기는 평범한 일상"이나 "처음에는 그다지 대수롭
지 않아 보이는 사건들" 같은 것은 존재하지 않는다…. 이
러한 것들은 그의 관심 밖에 있다. 러브크래프트는 어느 미
국 중산층 가정의 생활을 묘사하기 위해 무려 30여 페이지
를, 아니 어쩌면 단 3페이지뿐이라고 하더라도, 쏟아부을 마
음이 전혀 없다. 그로서는 이를테면 아즈텍족의 의례나 양서

---

**11** Richard Matheson. 20세기 미국의 판타지 소설 작가이자 시나리오 작가. 주
특기였던 공포물에서부터 범죄 스릴러와 서부극, 로맨스물에 이르기까지
다루는 스펙트럼이 굉장히 넓었다. 대표작으로는 핵전쟁으로 인해 좀비가
되어버린 흡혈귀를 통해 인류의 멸망을 이야기했던 《나는 전설이다》(1954)
가 있다. 이 작품은 1964년 매드슨이 직접 각본에 참여한 〈지구 최후의 사
나이〉와 1971년의 〈오메가맨〉, 2007년에 윌 스미스가 주연을 맡은 〈나는
전설이다〉로 총 세 차례나 영화로 각색됐다. 스티븐 킹은 매드슨이 에드거
앨런 포와 러브크래프트만큼이나 호러 문학의 역사에서 중요한 인물이라
고 언급한 바 있다.

류의 해부 표본과 같이 그 어떤 주제에 대해서든지 간에 참고 자료를 수집하고 싶은 생각은 있어도 일상생활에 관하여서는 그럴 생각이 확실히 없다.

매드슨의 작품 가운데 가장 능글맞은 성공을 거둔 것 중 하나인 《버튼, 버튼》의 시작 부분의 문단들을 통해 그러한 차이를 분명하게 살펴보자.

상자는 현관문 앞에 놓여 있었다. 테이프가 붙여진 정육면체 모양의 골판지 상자였고 그 위에는 손으로 직접 적은 이름과 주소가 다음과 같이 대문자로 쓰여 있었다. Mr. and Mrs. Arthur Lewis, 217 E. 37th street, New York, New York, 10016.[12] 노마Norma는 상자를 챙겨 아파트 문을 열고 들어갔다. 날이 어두워지고 있었다.

노마는 오븐 그릴에 양갈비를 넣은 뒤 마실 것을 만들고 상자를 열어보기 위해 자리에 앉았다.

상자 안에는 얇은 나무판으로 된 또 다른 상자가 들어 있었고 그 위에는 누를 수 있는 버튼이 붙어 있었다. 돔 모양의 유리 장식이 버튼을 덮고 있었다. 노마는 돔을 들어 올리려고 했으나 유리는 그 자리에 딱 붙어 움직이지 않았다. 그녀는 나무 상자를 거꾸로 뒤집어 보았고 상자 바닥에 반으로 접어진 종이 한 장이 스카치테이프로 붙여져 있는 것을 발견했다. 펼쳐본 종이에는 이

---

**12** 우편번호 10016. 뉴욕주, 뉴욕시 이스트 37번가, 217. 아서 루이스 내외.

렇게 적혀 있었다. '오늘 저녁 8시 당신의 집에 스튜어드 씨가 찾아올 것입니다.'

자, 이제는 러브크래프트의 첫 "그랑 텍스트"인 《크툴루의 부름》이 어떤 방식의 공격을 취하고 있는지 살펴보자.

세상에서 가장 다행스러운 일이 있다면 그것은 바로 인간의 정신이 그 안에서 일어나는 모든 것들을 서로 연관시킬 수 없다는 점이라고 생각한다. 끝없이 펼쳐지는 컴컴한 바다 한가운데에서 우리는 무지無知라는 이름의 평온한 섬에서 살아가고 있다. 그렇다고 해서 반드시 멀리 항해해 나아가야만 한다는 것을 의미하지는 않는다. 각각의 분야에서 서로 다른 방향으로 나아가고 있는 과학은 지금까지는 우리에게 거의 별다른 피해를 주지 않았다. 그러나 언젠가는 제각각 떨어져 있던 지식이 통합되면서 현실과 그 안에서 우리가 놓여 있는 참담한 처지에 관하여 끔찍한 전망을 드러내게 될 것이다. 그때 아마도 우리는 그렇게 밝혀진 현실에 미쳐버리거나 아니면 생명력 없는 빛으로부터 달아나 또다른 암흑 시기의 평화와 안정으로 숨게 될지도 모를 일이다.

적어도 우리는 러브크래프트가 본인의 의도를 분명하게 밝히고 있다고 말할 수 있을 것이다. 이는 처음에 언뜻 보기에는 독서에 방해가 되는 듯하다. 우리는 실제로 매드슨의 소설을 읽은 사람들 가운데 아주 소수만이, 판타지 소설을 좋아하든 그렇지 않든 간에, 그 망할 놈의 버튼에 도대체 무슨 일이 생기는 건지 알지도 못한 채로 계속해서 책을 읽어나가는 데 성공한다는 사실을 확인할 수 있다. 반면, H. P. 러브크래프트에게는 이야기가 시작되는 바로 그 순간부터 본인의 소설을 읽을 독자들을 선별해 내려는 의도가 있다고 볼 수 있다. 그는 광팬들을 대상으로 글을 썼다. 결국에는 본인이 죽고 나서 몇 년이 지난 후에야 비로소 만나게 될 그런 팬들 말이다.

한편, 판타지 이야기를 느린 속도로 전개해 나가는 방식에도 더 깊이 들여다보면 감춰진 결함을 발견할 수 있다. 그러한 결함은 대개 같은 발상에서 쓰인 다른 작품들을 여러 권 읽고 나서야 모습을 드러낸다. 작가는 무섭다기보다는 아리송한 기분을 들게 하는 사건들을 되풀이함으로써 독자의 상상을 정말로 만족시키기는커녕 간지럼을 태우기만 한다. 그러는 동시에 독자에게 직접 길을 찾아 떠나라고 부추기기까지 하는 것이다. 그러나 독자가 자신이 원하는 대로 상상의 나래를 펼치도록 내버려 두는 것은 언제나 위험한 일이다. 그도 그럴 것이 독자의 상상력만으로는 형편없는 결말에 도달할 가능성이 크기 때문이다. 정말이지 보잘것없는 결말 말이다. 50여 페이지나 공을 들여 준비 작업을 마친 작가가 궁극적으로 말하고자 했던 공포의 비밀을 마침내 드러내는 바로 그 순간 우리 독자들로서는 살짝 실망하게 되는 경우가 있다. 우리가 기다렸던 것은 그것보다 더 끔찍하게 무서운 결말이었기 때문이다.

매드슨은 본인의 작품 중 가장 흥행했던 소설들에서 이야기가 끝나갈 즈음이 되면 철학적이거나 도덕적인 교훈을 끌어옴으로써 이러한 위기를 성공적으로 모면할 수 있었다. 그러한 교훈이 가져다주는 의미는 너무나도 분명하고 정곡을 찌를 정도로 적절한 나머지 이내 이야기 전체가 극도로 슬픈 분위기 속에서 새로운 관점으로 보이기 시작한다. 사실은 이러하지만 매드슨의 작품 가운데 가장 훌륭한 것은 여전히 아주 짧은 분량의 글들이다.

반면, 러브크래프트는 50~60페이지, 심지어는 그보다도 더 긴 분량의 소설 속에서 자유롭게 움직인다. 예술적 재능이 정점을 찍을 무렵, 러브크래프트에게는 본인의 거대한 기계실 안으로 모든 부품을 부족하지 않게 집어넣을 수 있는 널찍한 공간이 필요했다. "그랑 텍스트"라는 건물에서 절정에 해당하는 층을 쌓기 위해서는 그저 10여 페이지만으로는 충분하지 않았을 것이다. 실제로 《찰스 덱스터 워드의 사례》는 아주 짧은 분량의 소설이다.

미국 작가들에게는 굉장히 중요한 "절정에서 결말로 이어지는 내리막"에 관하여, 러브크래프트는 대개 아무런 관심도 없었다. 러브크래프트의 소설 중에서 그 어떤 작품도 달힌 결말을 이루지 않는다. 그의 이야기들은 모두 공포에 가득 찬 울부짖음이 그치지 않은 채 열린 결말로 끝이 난다. 독자는 그다음에 출간되는 소설에서 이전에 읽었을 때와 정확하게 같은 시점이지만 이번에는 새로운 요소들로 더욱 풍부해진 공포감을 느끼게 될 것이다. 비록 위기가 일시적으로 좌절될 수는 있어도 거대한 크툴루는 사라지지 않는다. 그는 해저 도시 르뤼에에서 언젠가를 다시 기다리며 잠들어 꿈을 꾸고 있을 것이다.

그것은 영원히 잠들어 있을 죽음이 아니며,
기이한 영겁 속에서는 죽음마저도 소멸할 것이다.

역시나 예상대로 H. P. 러브크래프트는 엄청난 힘으로 일명 **대규모 공격**이라고 부를 수 있을 것을 실행에 옮겨 나간다. 한편, 그는 이론적 공격이라는 변형 기술을 특히 더 좋아했다. 앞서 우리는 《고故 아서 저민과 그 가족에 관한 사실》(52쪽)과 《크툴루의 부름》(84쪽)의 사례를 인용한 바 있다. "이곳에 들어오는 그대, 모든 희망을 버리시오."라는 하나의 명제에서부터 그렇게나 많은 변형된 형태들이 찬란한 빛을 내고 있었다. 이어서 《잠의 장벽 너머》를 시작하는 그 유명한 문단을 살펴보자.

나는 이따금 꾸는 꿈이나 그 안에서 펼쳐지는 모호한 세계가 얼마나 중요한 의미를 띄는지에 대하여 과연 인류의 대부분이 한 번이라도 고민해 본 적이 있을지 때때로 궁금해지곤 했다. 한밤중에 보이는 것 가운데 많은 부분이 그저 우리의 깨어나는 경험이 희미한 환영으로 반사된 것에 지나지 않는 것이라면—비록 프로이트의 유치한 상징주의에는 반하는 말이지만—그곳에는 여전히 비범하고 영묘한 속성으로 인해 평범한 해석은 허락하지 않는 잔상들이 존재한다. 그러한 잔상들이 막연하게 들뜬 채로 불안감을 조성하게 되는 결과는 물리적인 현실만큼이나 중요한 가치를 가지지만 여전히 그 현실과는 거의 통과할 수 없는 장벽에 가로막혀 분리되어 있는 정신적인 존재의 영역을 몇 분이나마 자세하게 들여다볼 수 있다는 것을 암시하기도 한다.

러브크래프트는 문장들 사이에서 조화로운 균형을 유지해 나가다가도 때로는 갑작스럽게 분위기를 전환하는 기법을 선호하기도 한다. 그러한 예로 다음과 같은 첫 문장으로 이야기가 시작되는 《현관 앞에 있는 것》을 들 수 있다. "내가 나와 가장 친한 친구의 머리에 총알을 여섯 발이나 쏜 것은 사실이지만, 이 글을 통해 밝히건대 그렇다고 해서 그를 죽인 사람이 나인 것은 아니라고 말하고 싶다." 한편, 러브크래프트는 언제나 평범함에 반하는 문체를 선택한다. 그의 예술적 영감은 그렇게 끊임없이 커져만 간다. 1919년에 쓴 소설 《후안 로메로의 전이》는 이렇게 시작한다. "1894년 10월 18일과 19일 사이에 노턴 광산에서 있었던 일들에 관해서는 이야기하고 싶지 않다." 비록 무미건조한 산문체일지라도 이러한 공격은 "그랑 텍스트" 시리즈의 마지막 작품으로서 1934년에 쓰인 《시간의 그림자》에서 이야기의 화려한 서문을 여는 폭발적인 감정을 전달할 수 있다는 장점을 보여준다.

악몽과 공포로 얼룩진 22년의 세월이 흐른 지금, 그날 느꼈던 몇 몇 인상들이 신화에서 기원할 것이라는 절망적인 확신으로부터 만 오로지 구원을 받을 수 있었던 나는 1935년 7월 17일에서 18 일로 이어지는 그 밤에 오스트레일리아 서부에서 있었던 일이 진실임에 틀림이 없다는 사실을 증명해 내고 싶은 마음이 없다. 그날의 경험이 전체적으로나 부분적으로 일종의 환각이었을 수 있다고 바라볼 수도 있을 것이다. 실제로도 그럴 만한 이유가 충분히 넘쳐났다. 그러나 그 생생한 느낌이 너무나도 끔찍한 나머지 때때로 나는 그렇게 바라는 것이 불가능하게 느껴진다.

놀라운 사실은 이렇게 시작된 이야기를 러브크래프트가 점점 더 커져만 가는 흥분감 속에서 이끌어 나가는 데 성공했다는 것이다. 그를 가장 짓궂게 비방하는 사람들조차도 하나같이 모두 인정하고 있듯이, 러브크래프트의 상상력은 굉장히 예사롭지 않았다.

한편, 러브크래프트의 작품 속 등장인물들은 그러한 충격을 견뎌내지 못한다. 바로 여기서 이러한 단도직입적인 공격 방식의 유일한 결점이 드러난다. 러브크래프트의 소설을 읽을 때면 등장인물들이 그들을 위협하는 공포의 본질을 이해하는 데 있어 도대체 왜들 그렇게도 많은 시간을 들여야만 하는 것인지 자주 궁금해지곤 한다. 솔직히 말해서 우리 눈에는 참 둔해 보인다. 진짜 문제는 바로 여기에 있다. 그도 그럴 것이 거꾸로 생각해서 만약 무슨 일이 일어나고 있는지를 그들이 알아챘다면 그 무엇도 비루한 공포감에 사로잡혀 그곳에서부터 도망치려는 그들을 방해하지 못할 것이기 때문이다. 그러나 이러한 일은 오로지 이야기의 끝에 이르러서야 일어나곤 한다.

이에 대하여 러브크래프트는 해결책을 가지고 있었을까? 아마도 그랬을 것이다. 우리는 그의 작품 속 등장인물들이 본인들이 과감하게 맞서야 하는 끔찍한 현실을 완전히 인지하고 있음에도 불구하고 그렇게 둔하게 행동하기로 마음먹는 모습을 떠올려볼 수 있다. 아마도 러브크래프트 본인이 원래 타고나기를 그렇게 씩씩한 용기가 거의 없다시피 했기 때문에 그로서는 그러한 성격을 묘사하기가 힘이 들었을 것이다. 실제로 이러한 맥락에서 그레이엄 매스터턴[13]과 린 카터가 도

---

**13** Graham Masterton. 20세기 스코틀랜드 출신의 공포 소설 작가. 1976년 저널리스트 활동을 그만두고 일주일 만에 완성한 소설 《마니투Manitou》로

전장을 던진 바 있으나 솔직히 말해서 그다지 설득력 있는 결과는 아니었다. 그래도 한 번쯤 해볼 만한 작업으로 보이기는 한다. 존 버컨[14]의 작품 속 등장인물들처럼 견고하고 완고한 성격의 주인공들이 하워드 필립스 러브크래프트에 의해 탄생한 무섭고도 경이로운 우주에 맞서 신비로운 모험을 펼쳐 나가는 내용의 소설을 상상해 볼 수도 있다.

---

명성을 얻게 되었다. 1992년에는 러브크래프트의 《위치 하우스에서의 꿈》을 바탕으로 《먹잇감Prey》이라는 단편소설을 쓰기도 했다.

**14** John Buchan. 19세기 말에 태어나 20세기 초에 활동했던 스코틀랜드의 모험소설 작가이자 정치가. 남아프리카 식민지에서 고등 판무관이었던 제1대 밀너Milner 자작의 비서로 일하며 보어전쟁을 겪은 경험을 바탕으로 1915년 《39계단》을 발표하여 인기를 얻었다. 1935년부터 1940년까지 캐나다 연방 결성 이후 제15대 총독을 지내기도 했다.

# 마음 약해지지 말고 삶에
# '아니오'라고 크게 외쳐라

대부분 세상을 향한 절대적인 증오의 감정은 특히 현대 사회에 대한 환멸과 함께 더욱더 깊어진다. 러브크래프트의 태도는 이렇게 한 문장으로 요약될 수 있다.

이렇게나 타당한 환멸의 감정을 어떤 이유로 느끼게 되었는지를 구체적으로 설명하는 일에 수많은 작가가 본인들의 작품을 바쳐왔다. 그러나 러브크래프트의 경우는 다르다. 그의 작품에서는 삶을 향한 증오가 문학보다도 앞서 존재한다. 리얼리즘이라면 그 형태가 어떻든지 간에 일단은 거부하고 보는 것은 러브크래프트의 세계에 들어가기 전 가장 먼저 갖추어야 할 조건이다.

만약 어떤 작가를 그가 다루는 주제가 아니라 그가 등한시하는 주제를 기준으로 정의한다면, 러브크래프트가 완전히 독자적인 자리를 차지하고 있다는 것을 인정하게 될 것이다. 실제로 현실에서는 대개 중요하다고 여겨지는 두 가지 요소가 러브크래프트의 모든 작품을 통틀어서 조금도 언급되고 있지 않다는 것을 살펴볼 수 있다. 그것은 바로 돈과 섹스다. 이와 관련해서는 정말이지 눈곱만큼도 찾아볼 수가 없다. 정확히 말하자면 러브크래프트는 마치 이 두 가지 요소가 존재하지 않기라도 하는 것처럼 글을 썼다. 그게 어느 정도냐 하면 그의 소설에서 어떤 한 여자 주인공이 등장할 때면 (비록 이런 일은 총 두 번밖에 일어나지 않기는 했지만) 우리는 마치 그가 불현듯 일본 사람을 묘사하기로 마음이라도 먹은 듯이 미묘하게 어색한 기분을 느끼게 될 정도이다.

이렇게나 급진적으로 배제하는 태도에 대하여 어떤 비평가들은 러브크래프트의 모든 작품에는 실제로 굉장히 예민한 방식으로 성적인 요소를 떠오르게 하는 상징들이 가득 채워져 있다고 단호하게 결론을 내렸다. 비슷한 지적 수준을 지닌 다른 이들은 이에 대하여 "잠재적인 동성애"라는 진단을 내리기도 했다. 그러나 러브크래프트가 주고받았던 편지나 그의 생활에서 이러한 모습을 보여주는 증거는 전혀 찾아볼 수 없다. 또 하나의 시시껄렁한 가설일 뿐이다.

청년 벨냅 롱에게 쓴 편지에서 러브크래프트는 이러한 주제의 질문에 대하여 본인의 입장을 아주 분명하게 밝히고 있다. 그는 특히 본인이 리얼리즘의 극치라고 (아, 이렇게나 정확한 표현이 또 있을까) 여겼던 헨리 필딩[15]의 《톰 존스의 화려한 모험》에 대하여, 즉 평범해 빠진 것에 관하여 이렇게 말하고 있다.

이보게, 한마디로 말해서 나는 그런 종류의 글이 그저 삶의 가장 밑바닥에 있는 것을 조심성 없이 찾아내려고 하는 행위이자 건물의 문을 지키는 수위나 배에서 일하는 선원이나 느낄 법한 별 볼 일 없는 감정들로 이루어진 시시한 사건들을 무조건 글자로 옮겨낸 결과일 뿐이라고 생각하네. [그것도 타고나기를 특별한 재능이나 창조적인 상상력의 특색이라곤 전혀 없이 말일세.][16] 아무 농가의 마당에나 들어가도 충분히 많은 가축을 볼 수 있고 어린 송아지와 망아지를 사육해서 번식시키는 과정을 통해 성性에 관한 모든 수수께끼를 탐구할 수 있음은 틀림없는 사실이네. 그런데 사람들을 보고 있자면 그들을 인간의 모습으로 자라게 한 요소가 무엇인지, 그리고 그들의 행위에 창조적인 아름다움의 대칭성을 장식해 주는 요소는 무엇인지 알고 싶어지지. 그렇

---

**15** Henry Fielding. 18세기 초기 영국의 소설가이자 극작가. 새뮤얼 리처드슨 Samuel Richardson과 함께 영국 소설의 창시자라고 불리며 《톰 존스의 화려한 모험》에서는 당시 영국 사회의 모습을 세밀하게 묘사함으로써 리얼리즘의 전형을 보여주었다는 평가를 받는다.

**16** 우엘벡의 프랑스어 판본에서는 대괄호 안의 문장이 생략되어 있다. 여기에서는 원문에 해당하는 영어 편지를 참고하여 옮겨 적는다.

다고 해서 빅토리아 시대의 방식대로 겉으로만 그럴듯해 보이는 거짓된 생각과 마음가짐을 인간의 탓으로 돌리고 싶지는 않네. 그저 인간에게만 주어지는 고유한 자질을 강조함으로써 인간의 행태가 그저 있는 그대로의 모습으로 평가받기를 바랄 뿐이지. 농장의 돼지나 길 잃은 염소와 마찬가지로 인간에게서 보이는 짐승 같은 모습을 바보처럼 찬양만 하지는 않으면서 말이야.

이렇게나 긴 혹평 끝에 러브크래프트는 결정적으로 다음과 같이 말하며 편지를 마무리한다. "그 어떤 리얼리즘도 아름다울 수 있다고 생각하지 않아." 분명한 사실은 여기서 우리가 모호한 심리적 요인에서 비롯되는 일종의 자기검열이 아니라 예술적인 아름다움에 관한 분명하고도 단호한 가치관을 마주하고 있다는 것이다. 한번 짚고 넘어갈 필요가 있는 부분이었다. 이제 다음의 내용으로 넘어가 보자.

러브크래프트가 예술 작품이 취할 수 있는 온갖 형태의 에로티시즘에 대한 본인의 적대감을 그렇게나 자주 드러내게 된 것은 그와 편지를 주고받았던 사람들이 그에게 다음과 같은 질문을 주기적으로 던지곤 했기 때문이다. (대부분은 젊은 청년들이었으며 개중에는 청소년도 있었다.) 선정적이거나 외설적인 묘사가 문학에 정말로 아무런 이득도 가져다주지 않는다고 확신하십니까? 그럴 때마다 러브크래프트는 기꺼이 호의를 베풀어 다시 한번 고민을 해보곤 했으나 돌아오는 대답은 다르지 않았다. 아니, 정말이지 단 한 번도 변함이 없었다. 러브크래프트 본인으로 말할 것 같으면 여덟 살이 되기도 전에 성과 관련된 주제에 대하여 완벽하게 꿰뚫고 있었다. 삼촌의 책장에 꽂혀 있던 의학 서적들을 읽었기 때문에 가능한 일이었다. 시간이 지나 그는 이렇게 설명한다. "이후 자연스럽게도 호기심이라는 것이 불가능해져 버렸네. 관련된 주제는 모두 그저 동물 생물학의 세부적인 것들을 따분하게 읊어버리는 수준이 되었지. 해 질 무렵 이국적인 분위기의 금빛으로 물들어 버리는 도시와 요정이 나올 법한 정원 같은 것이 더 취향에 맞았던 누군가에게는 흥미로운 내용은 아니었어."

이러한 선언을 진지하게 받아들이지 않아버리거나 그렇지 않으면 러브크래프트의 태도에는 도덕적인 관점에서 무언가를 망설이는 듯한 모호한 감정이 들어 있다고 생각해 버릴 수도 있을 것이다. 그러나 그것은 착각이다. 러브크래프트는 청교도에서 어떤 것들을 금기시하고 있는지 완벽하게 알고 있었으며 그러한 규칙들을 몸소 실행하며 상황에 따라서는 예찬을 하기도 했다. 그러나 이는 엄밀히 말해서 예술적으로 순수한 창작의 영역과는 분명하게 구분되는 또 다른 차원에 해당하는 이야기였다. 성이라는 주제에 대한 러브크래프트의 생각은 복잡하지만 구체적이었다. 그가 작품에서 성적인 무언가를 암시하는 내용이라면 그 무엇이 됐든 거부하게 된 것은 무엇보다도 그 스스로가 본인의 미학적 세계 안에서는 그러한 내용이 차지할 만한 자리가 없다는 것을 느끼고 있었기 때문이다.

어쨌든 이와 관련하여 이후에 일어난 일련의 사건들은 러브크래프트에게 그의 생각이 옳았다는 것을 증명해 주었다. 실제로 몇몇 작가들은 러브크래프트의 분위기가 물씬 풍기는 이야기의 구조 속에 선정적인 요소들을 집어넣으려고 시도하기도 했다. 그러나 모두 완벽한 실패로 돌아갔다. 그중에서도 특히 콜린 윌슨[17]의 시도는 명백한 대참사로 드러났다. 독자들은 윌슨의 작품을 읽으면서 마치 그가 한 명의 독자라도 더 모으기 위해 사람들을 흥분시킬 수 있는 요소들을 자꾸 덧붙여 낸 듯한 인상을 받는다. 실제로도 그럴 수밖에 없는 일이었다. 그러한 조합은 애초부터 불가능한 것이었기 때문이다.

---

**17** Colin Wilson. 20세기 영국의 비평가이자 소설가. 1956년에 발표한 문학 평론 《아웃사이더The Outsider》에서 사르트르, 카뮈, 도스토옙스키, 헤밍웨이 같은 작가들의 작품에서 스스로를 본질적으로 고독하다고 느끼며 세속적인 사회생활을 거부하는 등장인물들을 종합적으로 살펴봄으로써 오늘날 통용되는 '아웃사이더'의 개념을 최초로 정립했다는 평가를 받는다. 소설 《그림자 없는 남자Man Without a Shadow》(1963)는 그러한 아웃사이더 부류에 속하는 주인공이 섹스를 통해 의식을 확장해 나아간다는 내용이다.

H. P. 러브크래프트의 글이 추구하는 목적은 오직 단 하나였다. 그것은 바로 독자를 **매혹된** 경지로 이끄는 것이다. 러브크래프트가 유일하게 이야기하고자 했던 인간의 감정은 경탄과 공포였다. 그는 이 두 가지 감정을 기반으로, 정말이지 오로지 이 두 가지만을 기반으로 하여 본인의 세계를 구축해 나갔다. 이는 분명 한계로 작용하기도 할 것이다. 그러나 작가 스스로가 의식하고 있으며 의도적으로 구현해 내고자 했던 한계일 것이다. 어느 정도 맹목적인 자유의지를 동반하지 않는 진정한 창작이란 존재하지 않는 법이니 말이다.

러브크래프트가 보여준 반反에로티시즘의 기원을 잘 이해하고 싶다면 그가 살았던 당시에는 "빅토리아 시대의 얌전한 체하는 태도"에서 해방되고자 했던 자유의지가 특징적이었다는 사실을 상기하는 편이 아마도 적절해 보인다. 외설적인 언행을 늘어놓는 것이 진정한 창조적인 상상력의 표지가 된 것은 1920~1930년대에나 와서의 일이다. 러브크래프트가 편지를 주고받았던 젊은이들은 이러한 시대적 경향성에 영향을 받을 수밖에 없었다. 그래서 더욱 러브크래프트에게 그러한 주제와 관련하여 끈질기게 질문을 던진 것이다. 그리고 러브크래프트 자신이 그들에게 대답한다. 그것도 아주 솔직하게 말이다.

러브크래프트가 소설을 쓰던 당시에는 성적으로 다양한

시도에 관한 개인적인 경험담을 늘어놓는 것을 흥미롭게 생각하기 시작했던 때이다. 달리 말하면, 성이라는 주제를 "개방적인 태도로 솔직하게" 다루는 것이 관심을 끌기 시작했다는 것이다. 한편, 이렇게나 솔직하고 자유분방한 태도는 주식 거래나 부동산 관리 등과 같이 돈에 관한 문제보다는 그렇게까지 우세하지 않은 상황이었다. 그래도 돈에 관한 주제를 다룰 때면 어느 정도 사회학적이고 도덕적인 관점에서 접근하는 것이 당연했던 때였다. 1960년대가 되어서야 이러한 부분에서 진정으로 해방될 수 있었다. 아마도 이러한 이유로 러브크래프트와 편지를 주고받았던 사람 중 그 누구도 돈과 관련된 주제가 성만큼이나 그의 이야기에서 조금의 역할도 하지 않는다는 점을 짚고 넘어가는 것이 옳다고 생각하지 않았을 것이다. 러브크래프트의 작품 속에서는 등장인물이 경제적으로 어떠한 상황에 놓여 있는지를 전혀 알 수가 없다. 어찌 됐든 이는 완전히 러브크래프트의 관심 밖 영역이었다.

이러한 관점에서 볼 때 러브크래프트가 자본주의 시대의 심리학 거장인 프로이트에게 전혀 공감하지 못했다는 것은 놀라운 사실이 아니다. "거래"와 "교환"의 세계는 웬일인지 어느 회사의 이사회에 앉아 있는 것만 같은 인상을 가져다주는데, 이러한 것은 결코 러브크래프트를 유혹할 만한 요소가 되지 못했다.

그러나 결국 다른 많은 예술가와 마찬가지로 정신분석에 혐오감을 가지고 있었다는 것을 제외하더라도 러브크래프트에게는 "빈에서 약을 파는 돌팔이 의사"를 비난할 만한 이유가 몇 가지 더 있었다. 실제로 프로이트는 꿈에 대하여 본인이 직접 말하기를 자처한 것으로 보인다. 그것도 여러 번이나 반복해서 말이다. 그러나 꿈에 관해서라면 러브크래프트도 빠질 수 없는 것이 어떻게 보면 꿈은 그의 전문 영역이라고 할 수 있기 때문이다. 사실 러브크래프트만큼이나 본인이 꾼 꿈을 체계적인 방식으로 작품에 활용하는 작가는 거의 없다. 러브크래프트는 준비된 재료를 분류하고 처리한다. 때로는 넘치는 열정으로 단번에 쉬지 않고 이야기를 써 내려가기도 하는데 심지어는 완전하게 깨어 있는 상태라고 보기 어려울 정도이다. (예를 들면 니알라토텝의 경우가 그렇다.) 그는 때때로 꿈에서 그저 몇 가지 요소들만을 취하여 새로운 이야기 구조 속으로 집어넣기도 한다. 그러나 어찌 됐든 그는 꿈이라는 소재를 아주 진지하게 다루곤 했다.

그러므로 우리는 러브크래프트가 사람들과 주고받았던 편지에서 프로이트에 대하여 고작 두세 번 정도 욕을 했을 뿐 실제로는 상대적으로 온건한 태도를 지니고 있었다고 생각해볼 수도 있다. 다만 러브크래프트는 프로이트의 이론에 대해서는 그다지 할 말이 없으며 정신분석 현상은 그 자체로 붕괴하게 될 것이라고 평가했다. 그래도 러브크래프트는 시간을 내어 "유치한 상징주의"라는 두 단어로 프로이트의 이론을 요약하며 그 핵심적인 주장에 대해 메모를 하기도 했다. 이 주제와 대해서는 이보다 훨씬 더 감각적인 표현을 찾지 못했다 하더라도 100여 페이지나 써내는 일이 가능했을 것이다.

사실 러브크래프트에게서는 소설가로서의 태도를 찾아볼 수 없다. 소설가라면 거의 누구나 한 번쯤은 이렇다 할 정도로 삶을 총망라하는 이미지를 내놓는 것이 본인의 의무라고 생각하곤 한다. 소설가의 사명이란 삶을 새로운 "조명"으로 비추는 것이다. 그러나 소설가에게는 삶의 진상 그 자체에 대해서만큼은 절대로 선택권이 주어지지 않는다. 성과 돈, 종교, 기술, 이데올로기, 부의 분배…. 훌륭한 소설가라면 이 중에서 그 무엇도 등한시해서는 안 된다. 이 모든 주제가 세상에 대한 **어느 정도** 일관된 시각 속에서 각자의 자리를 차지하고 있어야 한다. 그러나 이러한 임무는 확실히 인간으로서 수행하기에 거의 불가능한 것이며, 결과는 언제나 대부분 실망을 가져다줄 뿐이다. 정말이지 더럽게도 힘든 직업이다.

더욱 난해하고 불쾌하게 말하자면, 삶의 전반을 다루는 소설가라면 어느 정도는 반드시 삶과 타협하게 되기 마련이다. 하지만 러브크래프트에게는 그러한 걱정이 없었다. 우리는 러브크래프트를 지루하게 했던 "동물 생물학"의 세부적인 내용이 인간의 존재에 있어서 중요한 기능을 수행하며 심지어 그 덕분에 종의 생존이 가능하다는 것을 반증으로 제시할 수 있을 것이다. 종의 생존이라, 이에 대해서도 러브크래프트는 아무런 관심이 없었다. "이미 죽음을 선고받은 것이나 다름없는 세상의 미래를 왜들 그렇게 걱정하는가?"세계 최초로 원자 폭탄을 제조했던 로버트 오펜하이머는 기술의 발전이 장기적으로 어떤 결과를 가져오게 될지를 묻는 어떤 한 기자에게 이렇게 대답한 바 있다.

세상에 대한 일관적이고 받아들일 만한 이미지를 구현하는 일에는 거의 관심이 없었던 러브크래프트로서는 삶에서 한 발짝 물러나야 할 이유가 전혀 없었다. 유령이나 지하세계에 대해서도 마찬가지였다. 그 무엇에 대해서도 러브크래프트는 양보하지 않았다. 그는 재미가 없어 보이거나 예술적으로 가치가 떨어진다고 생각되는 것에 대해서는 의도적으로 무시하는 길을 선택했다. 그리고 이러한 한계는 러브크래프트에게 힘을 실어줄 뿐만 아니라 그 누구도 범접할 수 없는 최고의 위치에 설 수 있게 해주었다.

다시 한번 반복해서 말하지만, **창조적인 한계**에 대한 이러한 편향은 그 어떠한 이데올로기적 "움직임"과는 아무런 상관이 없다. 러브크래프트가 "빅토리아 시대의 소설들", 즉 인간의 행동에 겉으로는 그럴듯해 보이는 거짓된 이유를 부여하는 일종의 감화 소설들에 대하여 경멸감을 표현한 것은 완전히 진심이었다. 사드[18]조차도 러브크래프트의 눈에는 성에 차지 않았을 것이다. 그의 작품에서도 일종의 이데올로기적인 움직임이 발견되기 때문이다. 실제 세계를 이미 정립된 도식 안으로 집어넣으려고 했다니 이 얼마나 조악한 생각인가. 그러나 러브크래프트는 현실에서 본인의 마음에 들지 않는 것이 있었을지라도 그것들을 다른 색으로 칠하려고 하지 않았다. 그저 아주 단호하게 무시했을 뿐이다.

그는 어떤 한 편지에서 본인의 생각을 재빨리 정당화했던 바 있다. "예술 작품에서 우주의 카오스를 고려하는 것은 정말로 쓸모없는 일이네. 이 카오스라는 것은 너무나도 완전해서 그 어떤 작품에서도 몇 마디 단어로는 요약해 낼 수가 없기 때문이야. 삶의 구조와 우주의 힘을 담은 진정한 이미지를 떠올려야 한다면 특정하게 정해진 방향 없이 돌아가는 소용돌이 속에서 작은 점들이 서로 섞여 배열된 모습이 아닌 다른 것은 생각하기가 어렵다네."

그러나 러브크래프트가 자의적으로 가지고자 했던 이러한 한계가 그저 철학적인 편견일 뿐이지 그와 동시에 **기술적인 필요**에 해당한다고는 생각하지 않는다면 그의 관점을 완벽

---

18 Donatien Alphonse François de Sade. 18세기 말 프랑스의 소설가이자 철학자. 고문이나 근친상간, 강간, 소아성애같이 폭력적이고 잔인한 행위와 결합된 형태의 에로티시즘을 다룸으로써 문학계에서 오랫동안 배척당했다. 성적 대상에게 육체적, 정신적 고통을 줌으로써 쾌락을 얻는 것을 일컫는 '사디즘sadism'은 그의 이름에서 유래한 것이다.

하게 이해하지 못한 것이다. 인간을 움직이게 하는 요인 중 몇 가지는 러브크래프트의 작품에서 정말로 그 어떤 자리도 차지하고 있지 않다. 건축에 비유하자면 건물을 지을 때 가장 먼저 선택해야 하는 것 중 하나가 바로 어떤 재료를 사용할지에 대한 것이 아닌가.

# 그 뒤에는 장엄하게 서 있는
# 어느 대성당 하나가 보일 것이다

기존의 전통적인 소설은 마치 낡은 튜브 하나가 공기가 다 빠져버린 채로 물에 떠다니는 모습에 비유한다면 적절할 것이다. 그런 소설에서는 몸 안에 곪아 있던 진물이 아주 가느다란 줄기로 사방에 흐르다가 결국에는 어수선하고 터무니없는 무無의 상태로 귀결되는 장면을 목격하게 된다.

그러나 러브크래프트는 그러한 튜브에서 (성이나 돈 등에 해당하는) 몇몇 부분들을 손으로 세게 눌러 막아냄으로써 아무것도 새어 나가지 않기를 바랐다. 이것이 바로 **압박** 기술이라는 것이다. 그 결과 러브크래프트의 선택을 받은 부분들에서는 여러 가지 심상이 꽃처럼 활짝 피어나며 강력한 힘으로 솟구쳐 나오게 된다.

러브크래프트의 소설을 처음 읽는 독자들에게 가장 강력한 인상을 남기는 것이 있다면 그것은 바로《시간의 그림자》와《광기의 산맥》에서 건축물을 묘사하는 부분일 것이다. 그 어떤 다른 부분에서보다도 그러한 부분에서 우리는 또 하나의 새로운 세상을 마주하게 된다. 그곳에서는 공포조차도 느껴지지 않는다. 그전에는 단 한 번도 홀로 일어난 적이 없던 경탄의 감정만이 순결무구의 상태로 남아 있을 뿐, 인간이 느낄 수 있는 감정이란 감정은 모두 사라져버리고 없다.

한편, H. P. 러브크래프트의 상상 속에서 탄생한 거대한 요새들의 지하에는 악몽에서나 나올 것 같은 생명체들이 몸을 숨기고 있다. 우리는 이러한 사실을 비록 모르고 있었던 것은 아니지만 기억에서 지워버리는 경향이 있다. 이는 그의 작품 속 등장인물들이 마치 대재앙의 운명으로 이어질 꿈속으로 걸어 들어가듯이 순수한 미학적 흥분감에 이끌려가는 것과 마찬가지다. 그러한 생명체들에 대한 묘사는 처음 읽을 때는 흥미를 북돋우지만 이내 곧 (그림으로나 영상으로나) 시각적으로 각색하고자 하는 의욕을 꺾어버리고 만다. 의식의 수면 위로 여러 심상이 떠오르기는 하지만, 그중에서 그 어떤 것도 굉장히 기상천외하다거나 엄청나게 숭고하게는 보이지 않는다. 다시 말해, 그 무엇도 꿈의 경지에는 이르지 못하는 것이다. 실제 건축물로 각색하는 작업으로 말할 것 같으면, 지금까지 그 어떠한 시도도 이루어진 바가 없다.

어떤 한 청년이 러브크래프트의 소설을 읽고 영감을 받아 결국에는 건축학을 공부하게 된다는 것은 무모한 상상이 아니다. 그러나 아마도 그 청년은 실망과 실패를 경험하게 될 것이다. 현대 건축의 무미건조하고 따분한 기능성과 단순하고 보잘것없는 형태들을 진열하고 차가운 것이라면 그저 아무런 재료나 가져다 사용하려는 열정은 우연의 결과물을 내기에는 너무나도 명료할 것이다. 그리고 적어도 앞으로 몇 번의 다른 세대가 이어지는 동안에는 그 누구도 아이렘 궁전에 달린 환상적인 레이스 장식의 구조물을 다시 지어내지는 못할 것이다.

천천히 다양한 각도에서 건물을 구경한 뒤 **안으로 들어가** 보자. 그림으로나 영화로는 절대로 구현되지 못할 무언가를 그곳에서 만나게 될 것이다. 그것은 바로 하워드 필립스 러브크래프트가 본인의 소설 속에서 놀라우리만큼 성공적으로 재창조해 낸 요소이다.

러브크래프트는 건축가의 기질은 타고났으나 화가로서의 재능은 거의 가지고 있지 않았다. 그가 사용하는 색깔은 진정한 색깔이라고 말할 수 없었다. 러브크래프트의 색깔은 그가 묘사하는 건축물을 돋보이게 하는 것 말고는 별다른 기능을 수행하지 않았으며, 일종의 분위기나 더 정확히 말하자면 **조명** 같은 것에 가까웠다. 그는 보름달이 되기 직전으로 차

올라 있는 달이나 이지러져 가는 달에서 내는 희미하고 창백한 빛을 특히 좋아했다. 그렇다고 해서 해 질 무렵 핏빛에 가까운 선홍색의 낭만적인 분위기가 달아오르는 것이나 손이 닿지 않을 것 같은 창공의 수정 같은 투명함을 경멸한 것은 아니었다.

H. P. 러브크래프트의 상상 속에서 태어난 키클로페스[19]처럼 말도 안 되게 거대한 구조물들은 격렬하고 과감하게, 심지어는 (역설적이게도) 피라네시[20]나 몽쉬 데지데리오[21]의 화려한 건물 도안보다도 훨씬 더 폭력적인 방식으로, 정신을 혼란스럽게 한다. 우리는 이렇게나 거대한 도시를 마치 꿈속에서 이미 가본 것도 같은 기분을 느낀다. 실제로 러브크래프트가 하는 일이라곤 본인이 직접 꾼 꿈을 할 수 있는 한 최

---

**19** 호메로스의 《오디세이아》에서 나오는 외눈박이 거인족. 문명과 동떨어진 채 시칠리아 해안의 동굴에 살면서 양과 염소를 키운다. 야만적이고 오만불손한 성격으로 제우스조차도 무서워하지 않는 것으로 묘사된다.

**20** Piranesi. 18세기 이탈리아의 판화가이자 건축가. 본명은 '조반니 바티스타 피라네시Giovanni Battista Piranesi'이지만 흔히 '피라네시'라고 불렸다. 색다른 원근법과 풍부한 상상력을 통해 비현실적인 공간을 창조해 냄으로써 초현실주의 화가들에게 큰 영감을 주었다. 대표작으로 〈고대와 근대 로마의 다양한 풍경들〉이라는 제목의 에칭 시리즈가 있다.

**21** Monsù Desiderio. 17세기 프랑스 로렌 지방 출신으로 이탈리아에서 활발한 활동을 펼쳤던 두 명의 화가 프랑수아 드 노메François de Nomé와 디디에 바라Didier Barra가 공동으로 사용했던 필명. '디디에 씨'라는 뜻의 프랑스어 'Monsieur Didier'를 나폴리 지방의 사투리로 부른 것이다. 환상적인 건축물 묘사를 통해 초현실주의 화풍을 구축해 낸 선구자라는 평가를 받는다.

선을 다해 글로 옮겨 적는 것뿐이었다. 이후 시간이 지나 우리는 굉장히 웅장한 건축물 앞에 서서 위를 올려다볼 때면 놀랍게도 "**러브크래프트 느낌**이 상당하네."라고 생각하는 자신을 발견하게 될 것이다.

러브크래프트가 성공할 수 있었던 가장 큰 이유는 그가 다른 사람들과 주고받았던 편지를 살펴보면 바로 알 수 있다. 러브크래프트는 어느 아름다운 건축물 앞에 서면 그 아름다움에 취해 강렬하게 불안한 기분을 느끼는 몇 안 되는 사람 중 하나였다. 그는 프로비던스의 종탑에서 파노라마로 펼쳐지는 일출이나 마블헤드Marblehead[22]의 골목길들이 오르락내리락하며 만들어내는 미로를 묘사할 때면 적당한 선을 지키지 못하고 과장을 하곤 했다. 몇 배로 더 많은 형용사와 느낌표가 쓰이는가 하면, 마법 주문의 한 마디 한 마디가 끊임없이 맴돌고, 그의 흥분한 가슴은 한껏 달아올랐으며, 그의 머릿속에서는 심상들이 끊임없이 이어졌다. 그렇게 그는 황홀경이라는 진정한 망상의 상태로 빠져버린 것이다.

여기 또 다른 예로 러브크래프트가 본인이 뉴욕에서 느낀 첫인상을 이모에게 어떻게 묘사하고 있는지 살펴보자.

그렇게 넋을 놓고 풍경을 바라보고 있으니 그 아름다움에 취해

---

**22** 미국 매사추세츠주 에섹스Essex에 위치한 지역. 암석이 많은 지형으로 유명하다.

흥분한 나머지 거의 기절할 뻔했어요. 고층 건물에서 끝없이 새어 나오는 불빛과 눈부시게 빛나는 반사광, 물 위에서 출렁거리는 배들이 일렁이는 불꽃으로 이루어진 저녁 풍경 말입니다. 저 서쪽 끝에는 자유의 여신상이 번쩍거리고, 저 동쪽 끝에서는 브루클린 다리가 별처럼 반짝거리고 있었지요. 고대 세계의 신화를 꿈으로 꾸는 것보다 훨씬 더 강렬한 기분이었죠. 굉장한 위풍당당함을 자랑하는 별자리나 바빌론의 불에 타오르는 한 편의 시를 보는 것만 같았습니다.

이 모든 장면에는 야릇한 불빛과 항구에서 나는 이상한 소리가 함께합니다. 그곳은 세상에서 물물거래가 제일 많이 이루어지는 곳이라지요. 안개 속에서 울려 퍼지는 경적과 배들이 내는 종소리, 저 멀리서 권양기가 삐걱거리는 소리까지…. 인도의 먼 바닷가가 보이는 것 같기도 했습니다. 매끈하게 빛나는 깃털을 가진 새들이 잔디밭 한가운데에 놓여 있는 이상한 탑에서 피우는 향에 이끌려 노래를 부르고, 백단 나무로 지은 작은 술집 앞에서 무거운 장식들이 부딪히며 시끄러운 소리를 내는 긴 옷을 입은 장사꾼들이 바다의 신비를 담고 있는 듯한 눈빛에 낮은 목소리를 가진 뱃사람들과 낙타를 사고판다는 바로 그곳 말이에요. 비단과 향신료, 벵골 지방의 금을 희한한 모양으로 조각해서 만든 장식품, 작은 수호신들을 새긴 조각상과 비취와 홍옥수 안에 신기한 방식으로 조각된 코끼리까지. 아, 세상에나! 이 마법 같은 장면을 표현해 낼 수만 있다면 얼마나 좋을까요!

마찬가지로 세일럼[23]의 울퉁불퉁하게 솟은 지붕들 앞에서, 역시나 러브크래프트는 검은색 가운에 원뿔 모양의 이상한 모자를 쓰고 심각한 얼굴을 한 청교도들이 울부짖는 어떤 노파 하나를 화형대로 끌고 가는 행렬을 어렴풋이 보게 될 것이다.

러브크래프트는 평생 유럽 여행을 꿈꾸었지만, 단 한 번도 그럴 만한 형편이 되지 못했다. 비록 미국에서 태어났으나 고대의 보물 같은 건축물들을 좋아할 수 있었던 사람이 있다면 그것은 바로 러브크래프트였다. 그가 "아름다움에 취해 흥분한 나머지 거의 기절할" 뻔했다고 말한 것은 과장한 것이 아니다. 러브크래프트가 클라이너[24]에게 쓰기를 인간은 산호의 용종과도 같으며 인간에게 주어진 유일한 숙명이라곤 "본인이 죽은 이후에도 달빛이 잘 비출 수 있도록 천연광물을 사용하여 거대하고 웅장한 구조물들을 지어 올리는 것"이라고 한 것도 아주 진지하게 생각해서 한 말이었다.

러브크래프트는 결국 자금 부족으로 단 한 번도 아메리카

---

**23** Salem. 미국 매사추세츠주 에섹스에 위치한 항구 도시.

**24** Rheinhart Kleiner. 20세기 초 미국의 시인. 1915년 러브크래프트가 만든 아마추어 잡지인 《컨서버티브The Conservative》의 창간호를 직접 받아보았으며 그 이후로 그와 꾸준히 편지를 주고받으며 교류했다. 2005년에는 러브크래프트가 클라이너에게 보냈던 편지들을 모아 엮은 《러브크래프트와 클라이너의 편지H. P. Lovecraft: Letters to Rheinhart Kleiner》가 출간된 바 있다.

대륙을, 심지어는 뉴잉글랜드[25] 지역조차도 벗어나지 못했다. 다만 킹스포트[26]나 마블헤드에서 보여준 격렬한 반응으로 미루어보건대 만약 그가 실제로 샤르트르의 노트르담 성당[27]이나 살라망카[28]를 눈앞에서 볼 수 있었다면 어떤 기분을 느꼈을지는 상상해 볼 수 있다.

　그도 그럴 것이 러브크래프트가 묘사하는 꿈속 건축물은 고딕이나 바로크 형식으로 지어진 대성당의 구조와 마찬가지로 **절대적인** 건축물이기 때문이다. 그 안에서는 평면감과 입체감 사이의 조화가 한 편의 강렬한 서사시처럼 느껴진다. 그러나 또 다른 한편으로는 아무것도 덮고 있지 않은 매끈한 돌멩이의 거대한 표면과는 대조적으로 피라미드 모양의 작은 첨탑과 회교도 사원의 첨탑, 깊은 구렁 위로 불쑥 솟아 있는 다리에는 풍만한 장식이 가득 올려져 있다. 땅속 저 깊은

---

**25**　New England. 미국 로드아일랜드주와 매사추세츠주 등을 포함해 총 6개 주가 있는 미국 북동부 지역. 이름에서도 유추할 수 있듯이, 1620년 메이플라워호를 타고 아메리카 대륙으로 건너온 영국의 청교도들이 처음 정착한 것이 기원이다.

**26**　Kingsport. 미국 테네시주의 북동부에 위치한 도시.

**27**　프랑스 파리로부터 남서부 쪽에 자리한 샤르트르Chartres의 대성당. 비대칭을 이루는 두 개의 첨탑과 화려한 스테인드글라스가 특징적이다. 고딕 양식을 집대성한 결과로 건축되었다고 평가받으며 그 중요성을 인정받아 1979년 유네스코 세계유산에 등재됐다.

**28**　Salamanca. 스페인 북서부 카스티야Castilla 지방에 위치한 도시. 12~13세기에 세워진 오래된 건물들이 아직 많이 남아 있다.

곳에서는 얕게 또는 깊게 새긴 부조나 프레스코화가 한쪽의 경사진 면을 또 다른 한쪽의 경사진 면으로 연결하는 거대한 돔 모양의 천장을 장식하고 있다. 그중 많은 부분은 어떤 한 종種의 영화와 퇴락을 그리고 있으며, 기하학적인 차원에서 그보다 더 단순하게 그려진 다른 것들은 신비로우면서도 두려운 무언가를 암시하고 있는 듯 보인다.

대성당이나 힌두교 사원에서 볼 수 있는 구조와 마찬가지로 H. P. 러브크래프트의 건축물은 그저 3차원의 수학 퍼즐이 아닌 그 이상을 나타낸다. 그 안에는 기본적인 극작법, 즉 구조물에 의미를 부여하는 신화적인 극작법의 발상이 완전하게 스며들어 있다. 그것은 바로 주어진 공간을 최소한으로 활용하여 연극의 무대를 만들어내는 것이자 다양한 조형 예술에서 결합하는 자원들을 사용하는 동시에 그 위에 조명의 마술 놀이를 이롭게 덧붙이는 것이었다. 한 마디로 넘치는 생명력과 감정으로 이 세상을 바라본 관점에서 지어진 **살아 있는** 건축물인 것이다. 바꿔 말하면, 신성불가침의 건축물이라고도 할 수 있겠다.

# 그렇게 당신의 감각은 말로는 표현할 수 없는
# 혼란의 매개체가 되어

죽음과 황폐의 공기에서는 악귀가 느껴지는 것만 같았고
생선 냄새는 거의 참을 수 없는 수준이었다.

세상에서는 썩은 내가 난다. 시체와 생선이 한데 뒤섞여 나는
냄새다. 패배와 끔찍한 퇴화의 냄새이기도 하다. 그렇게 세상
에서는 썩은 내가 난다. 차오르는 달 아래로는 유령조차도 보
이지 않는다. 구역질을 불러일으키는 악취를 풍기며 공처럼
가득 부풀어 오른 거뭇한 시체들만이 널려 있을 뿐이다.
　촉각에 관해서는 두말할 것도 없다. 어떤 존재나 살아 있
는 개체를 만진다는 것은 경건하지 못하고 혐오스러운 경험
이다. 흉측한 싹 같은 것들이 돋아 있고 잔뜩 부풀어 오른 피

부에서는 곪은 진물이 흘러내린다. 무언가를 빨아들이는 촉수와 포획하여 씹어 삼키는 기관들은 늘 변함없이 위협적이다. 그러한 존재들과 끔찍하리만큼 생명력 넘치는 그들의 기운을 보라. 일정한 모양도 없는 것이 악취를 풍기며 부글거리고, 몸의 절반이 제대로 발육되어 있지 않은 키메라들의 모습을 한 네메시스가 썩은 내를 풍긴다. 신성 모독이 따로 없다.

시각은 이따금 공포를 선사하는가 하면 때로는 요정이 나올 것만 같은 건축물로의 경이로운 일탈을 허락해 주기도 한다. 그런들 무슨 소용인가, 우리에게는 다섯 개의 감각이 있다. 시각을 제외한 나머지 네 개의 감각은 솔직히 말해서 우주란 **역겨운** 것임을 확인해 주는 방향으로 수렴하는 중이다.

우리는 러브크래프트의 작품 속 등장인물들이, 특히 "그랑 텍스트"의 경우, 누가 누구인지 서로 구별하기가 굉장히 어려울 뿐만 아니라 러브크래프트 본인을 투영시킨 결과물이라는 것을 확인할 수 있다. 정말로 그렇다. 물론 "투영"이라는 단어가 아주 단순화된 의미만을 나타낸다는 조건에서 하는 말이다. 하나의 평평한 표면이 입체 모형을 수직으로 투영시킨 결과가 될 수 있듯이, 그들은 러브크래프트의 진짜 성격이 각각 다른 방식으로 투영된 결과물인 것이다. 실제로 전반적인 형태를 판별하는 것은 가능하다. (러브크래프트 소설에 등장하는 – 옮긴이) 학생들과 교수들은 뉴잉글랜드의 어느 한 대학에서 (가능하다면, 미스캐토닉 대학에서) 인류학이나 민속학, 때로는 정치경제학이나 비유클리드 기하학을 전공하며 신중하고 사려 깊은 성격에 길고 야윈 얼굴을 가졌다. 그들은 직업적인 이유에서든 타고난 기질을 따르든 간에 영혼을 만족시키는 방향으로 나아간다. 이는 일종의 정해진 도식이자 **전형적인 몽타주** 같은 것이다. 그리고 대개는 이보다도 더 자세하게 알아내기란 불가능하다.

그러나 러브크래프트가 소설을 처음 쓰기 시작했을 때부터 성격이 **무난하여** 서로 호환이 가능한 캐릭터들을 등장시키기로 한 것은 아니었다. 젊은 시절의 그는 매번 새로운 소설을 쓸 때마다 다른 사회적 배경과 개인사, 심지어는 다른 심리 상태를 가진 새로운 화자를 그려내는 수고를 아끼지 않았다…. 그의 작품 속 화자는 어떤 때는 시인으로 나타나기도 하고 또 어떤 때는 그저 **시적인 감수성**이 풍만한 사람이 되기도 했다. 이러한 경향성은 실제로 H. P. 러브크래프트를 이야기할 때 빼놓을 수 없을 만큼 명백한 실패작들을 낳기도 했다.

이후 러브크래프트는 특별하게 구분되는 심리 상태를 가진 화자를 등장시키는 것이 쓸모없는 일임을 조금씩 깨닫게 된다. 그의 작품 속 등장인물들은 그러한 심리 같은 것은 거의 필요로 하지 않는다. 그들에겐 잘 작동하는 감각 기관을 갖추고 있는 것만으로도 충분하다. 그럴 만도 한 것이 그들이 현실 세계에서 수행할 수 있는 기능이란 **지각하는** 것이 유일하기 때문이다.

러브크래프트의 작품에 등장하는 인물들에게 요구되는 평범함은 심지어 우주에 대한 그의 확신을 강화하는 데 한몫한다고도 말할 수 있을 것이다. 심리적으로 심각하게 뚜렷한 성격이었다면 그들의 목격담을 왜곡하고 조금은 불투명하게 만들어버릴 수도 있었을 것이다. 심리적인 공포의 영역에 들어가기 위해서는 물리적인 공포의 영역에서 벗어나야 한다. 러브크래프트가 묘사하고자 한 것은 정신 질환 같은 것이 아니라 역겨운 현실이었다.

한편, 그의 작품 속 주인공들은 판타지 소설 작가들이 소중하게 여기는 관례적인 조항에 자기를 희생함으로써 소설 속 이야기가 어쩌면 단순한 악몽에 지나지 않으며 불경한 책들을 읽은 결과로 발생한 상상력의 산물일 뿐이라는 작가들의 주장을 뒷받침해줄 것이다. 그렇다고 해서 그렇게 심각한 문제는 아닌 것이 우리로서는 단 일 초도 그게 사실이라고 믿은 적이 없기 때문이다.

러브크래프트의 작품 속 등장인물들은 극악무도한 지각 작용의 습격을 받은 뒤 아무 말도 없이 움직이지도 않은 채로 완전히 무능력하고 마비되어 버린 관찰자의 모습을 보이게 될 것이다. 그들은 그러한 상황에서 벗어나거나 아니면 그냥 기절해 버리는 비교적 관대한 공포 속으로 빠지고 싶어 할 것이다. 할 수 있는 것이라곤 아무것도 없다. 그들은 그 자리에 그대로 발이 묶인 채 남게 될 것이며 그와 동시에 그들 주변에서는 악몽이 일어날 것이다. 시각과 청각, 후각, 촉각을 동원한 지각 작용이 계속해서 이어질 것이며 끔찍하게도 점점 더 강하게 펼쳐질 것이다.

러브크래프트의 문학은 "모든 감각 기능이 고장 난" 상태라는 유명한 표현의 의미를 구체화함으로써 불안감을 안겨준다. 예를 들면, 해조류의 아이오딘 냄새를 고약하고 불쾌하다고 느낄 사람은 거의 몇 명 되지 않을 것이다. 물론 적어도 《인스머스의 그림자》를 읽은 사람들은 제외하고 말이다. 또 H. P. 러브크래프트의 소설을 읽은 다음에는 양서류 동물을 가만히 쳐다보고 있기가 힘들어진다. 이 모든 요소가 그의 소설을 집중해서 읽는다는 것을 굉장히 무서운 경험으로 만들어버리는 것이다.

일상생활에서 지각하는 것들을 무한한 악몽의 근원으로 변형시키는 것이야말로 판타지 소설 작가라면 과감히 내기를 걸어볼 만한 도박이 아닌가. 러브크래프트는 이미 퇴화하여 침을 질질 흘리는 존재들을 묘사하는 작업을 오로지 본인 자신만이 해낼 수 있는 방식으로 완벽하게 성공해 낸다. 이야기를 가득 채우고 있는 흑백 혼혈들과 기형 멍청이들한테서는 책을 덮어야만 비로소 벗어날 수 있을 것이다. 비늘로 덮여 있어 피부는 꺼끌꺼끌한 데다가 납작하게 눌린 콧구멍은 벌렁거리고 숨을 내쉴 때마다 슈 소리를 내며 땅을 질질 끌듯이 힘없이 움직이는 흡사 인간 비슷하게 생긴 이 생물들로부터 말이다. 그러나 언젠가 이들은 우리의 삶 속으로 또다시 걸어 들어올 것이다.

러브크래프트의 세계에서는 청각으로 지각되는 것들에게 특별한 자리를 마련해 주어야 한다. 그는 음악을 거의 즐겨 듣지 않았으며 가지고 있는 취향이라고 해봤자 길버트와 설리번[29]의 희가극 무대에 지나지 않았다. 그러나 그는 소설을 쓸 때만큼은 위험할 정도로 세련된 청각적 표현을 사용했다. 어떤 한 등장인물이 당신의 앞에 놓여 있는 탁자 위에 손을 올려놓으면서 무언가를 빨아들이는 듯한 소리를 희미하게 내보인다면 당신은 곧바로 러브크래프트의 소설을 읽고 있음을 알아차리게 될 것이다. 또 등장인물의 웃음 속에서 **암탉이 꼬꼬댁거리는 소리**나 곤충들이 찌르륵거리는 듯한 이상한 소리를 발견할 때도 마찬가지다. H. P. 러브크래프트가 본인의 소설 속 **사운드트랙**을 일종의 편집증처럼 지나치게 구체적으

---

**29** 빅토리아 시대에 듀오로 활동했던 가극 작가 윌리엄 S. 길버트William S. Gilbert와 작곡가 아서 설리번Arthur Sullivan.《군함 피나포어》(1878)와《펜잔스의 해적》(1877),《미카도》(1895) 등이 유명하다.

로 구성한 것은 분명히 많은 독자에게 가장 무서운 이야기를
선사해 주는 성공을 이루어 냈다. 이는 그중에서도 특히 음
악만으로도 우주의 공포를 느끼게 해주는《에리히 잔의 선
율》에 대해서만 말하는 것이 아니다. 시각과 청각을 미묘하
게 넘나드는 지각 작용을 통해 이 두 개의 다른 감각을 때로
는 뒤섞기도 하고 또 다른 때는, 이상한 방식이기는 하지만,
단번에 갈라지게 함으로써 우리를 아주 확실하게 비장한 신
경의 상태로 데려다주었던 다른 소설들에도 해당하는 이야
기다.

예를 들어 마술사 해리 후디니[30]의 요청으로 쓴 짧은 소설
《피라미드 아래서》에서 발췌한 아래의 글을 살펴보자. 여기
서 우리는 하워드 필립스 러브크래프트의 언어가 만들어내
는 가장 아름다운 혼란의 순간을 살펴볼 수 있다.

의식의 감각으로 알아차리기 훨씬 전부터 나의 잠재의식 속 청
각에 충격을 주고 있었던 무언가가 느닷없이 주의를 끌었다. 땅
속 가장 낮은 밑바닥보다 더 아래쪽에 자리한 아주 깊은 틈 사

---

30  Harry Houdini. 19세기 말, 20세기 초에 활동했던 헝가리 출신의 마술사. 본
    명은 '에리치 바이스Ehrich Weisz'이지만 당시 프랑스에서 가장 유명했던
    마술사 로베르 우댕Robert-Houdin의 이름을 따 본인의 활동명을 지었다.
    놀라운 탈출 묘기로 세계적인 인기를 얻었으며 나중에는 초능력을 들먹이
    거나 죽은 자의 영혼과 소통을 하게 해준다며 사기행각을 벌이는 사람들을
    적발하는 일을 하기도 했다.

이로 어떤 소리가 들렸다. 리듬감 있고 뚜렷한 소리였지만 지금까지 들어본 것과는 완전히 다른 종류였다. 그 소리가 아주 고대에 행해졌던 어떤 의식과 분명한 관련이 있다는 것을 거의 직감적으로 느낄 수 있었다. 이집트학 관련 서적을 많이 읽었던 경험 덕분에 그 소리를 듣자 플루트와 삼부카, 시스트룸, 팀파눔 같은 악기가 떠올랐다. 피리 소리와 낮게 웅웅거리는 소리, 덜커덩거리는 소리, 북을 치는 소리가 만들어내는 리듬 속에서 지구상에 알려진 온갖 형태의 극심한 공포의 차원을 뛰어넘는 공포의 요소가 개인이 느끼는 두려움과는 특별히 구분되면서도, 아이기판 Aegipan 신이 내는 불협화음 너머에나 자리할 법한 공포를 아주 깊숙한 곳에 품고 있는 지구에 대하여 우리가 느낄 수 있는 일종의 객관적인 연민의 형태를 띠고 있는 공포가 느껴졌다.

소리의 볼륨이 계속해서 높아지자 점점 더 가깝게 다가오는 기분이었다. 그때 모든 판테온의 신들이 전부 하나가 되어 내 귀에서 그런 비슷한 소리는 들리지 않도록 해주면 좋을 텐데. 으스스한 천년의 왕국에서 무언가가 행진을 하며 터벅터벅 걷는 소리가 저 먼 곳에서부터 어렴풋이 들려오기 시작했다.

서로 굉장히 다른 발소리들이 그렇게나 완벽한 운율을 이루며 움직이고 있다는 것이 끔찍하게 느껴졌다. 거대하고 흉물스러운 괴물 같은 것들이 땅속 가장 깊은 곳에서 행진할 수 있는 것은 더럽혀진 지난 수천 년 동안 훈련을 해왔기 때문일 것이다. 터벅터벅 딸깍딸깍 소리를 내며 걷거나 육중한 덩치로 성큼성큼, 쿵

쿵, 느릿느릿 기어 다니는 그것들…. 모든 것이 이 악기들이 내는 조롱하는 듯한 소리의 혐오스러운 불협화음에 맞춰 들려왔다. 그리고 바로 그때…

소설의 절정에 해당하는 부분은 아니다. 엄밀하게 말하자면, 이야기가 여기까지 진행되는 동안 아무런 일도 일어나지 않았다. 짤랑거리는 소리를 내며 바닥을 기어 다니거나 깡충깡충 뛰어오르는 이것들은 계속해서 가까이 다가올 것이다. 그리고 당신은 마침내 그것들을 **보게** 될 것이다.

시간이 지나 어느 저녁 무렵 모두가 잠든 시간이 되면 당신은 "움직이는 생명체들이 갈수록 심하게 병적으로 발을 굴러대는 소리"를 지각하게 될 것이다. 놀라지 마라. 그것이 바로 러브크래프트의 의도였으니.

# 망상의 전체 도면을
# 설계하게 될 것이다

약간 긴 형태의 불그스름한 관 5개가 불가사리 모양의 머리 안쪽에서 뻗어 나와 같은 색깔의 주머니 모양으로 부풀어 올라 있음. 그것을 누르면 최대 2인치 지름의 종 모양을 한 구멍이 열리고 그 안에는 하얗고 날카로운 이빨처럼 돌출된 것들이 배열되어 있음. 아마도 입으로 추정됨. 불가사리 모양 머리의 꼭짓점에 해당하는 부분들과 그 안에 붙어 있는 관들, 그리고 섬모는 모두 아래쪽을 향해 단단하게 접혀 있음. 머리의 끝부분과 관은 둥글납작한 목과 몸통에 들러붙어 있음. 굉장히 딱딱하지만 놀라울 정도로 유연함.

몸통의 아래는 단단하나 머리에 달린 기관들은 그와 반대로 기능하는 것으로 보임. 흡사 목과 유사하게 생긴 부분은 둥글납작한 모양에 연한 회색빛을 띠는데 아가미 같은 것은 보이지 않으며 녹색 불가사리 모양 머리의 꼭짓점 다섯 개를 지탱하고 있음. 튼튼한 근육질의 팔들은 길이는 4피트이고 지름은 7인치에서 시작하여 아래로 내려갈수록 가늘어지면서 약 2.5인치가 됨. 팔 하나하나의 끝에는 높이는 8인치에 가장 넓은 변의 길이가 6인치이고 막으로 이루어져 있어서 내부의 정맥 5개가 그대로 보이는 녹색 삼각형의 형태가 작게 달려 있음. 수백만 년 전에서부터 5천만 또는 6천만 년 전으로 추정되는 나이의 화석에 물갈퀴나 지느러미 그것도 아니면 발과 유사한 기관이 남긴 흔적으로 보임…. 발견 당시 이 모든 돌기는 흡사 목과 유사한 부분과 몸통의 위쪽 끝을 단단히 감싸고 있었으며 그 몸통 또한 어딘가 다른 무언가의 돌기에 해당하는 것으로 보임.

위 문단의 출처인 《광기의 산맥》에서 그레이트 올드 원을 묘사하고 있는 부분은 지금까지도 고전으로 남아 있다. 판타지 소설에서 발견하게 될 것이라고는 생각하지 못했던 문체가 있다면 그것은 바로 해부한 결과를 보고하는 문서의 어조일 것이다. 동물 행동 백과사전의 한 페이지 한 페이지를 그대로 옮겨 적었던 로트레아몽 백작[31]을 제외하면, 러브크래

---

**31** Lautréamont. 19세기 후반 프랑스의 시인. 아버지가 주재 프랑스 영사관의 부영사를 지냈던 우루과이의 수도 몬테비데오에서 태어났다. '로트레아몽 백작'은 필명이고, 본명은 '이시도어 뤼시앵 뒤카스Isidore Lucien Ducasse'

프트의 뒤를 이을 만한 사람을 찾기란 쉽지 않다. 확실한 것은 《말도로르의 노래》에 관하여 러브크래프트는 전혀 들은 바가 없었다는 것이다. 학술적인 어휘를 사용하는 것이 시적인 상상력을 촉진하는 훌륭한 자극제가 될 수 있다는 발견은 오로지 러브크래프트 본인 스스로 하게 된 것으로 보인다. 백과사전을 참고함으로써 구체적이고 세부적인 부분까지 깊이 파고들 뿐만 아니라 이론적인 배경까지도 가득 담고 있는 내용은 독자를 망상이나 황홀경에 빠지게 하는 효과를 낼 수 있었다.

《광기의 산맥》은 이렇게 몽환적이면서도 정확할 수 있음을 아주 잘 보여주는 훌륭한 사례 중 하나이다. 모든 장소의 명칭이 인용되어 있으며 지형학적인 지표들도 계속해서 되풀이된다. 극의 무대를 장식하고 있는 각각의 요소가 위도와 경도에 맞게 정확히 배치되어 있다. 남극 대륙을 그린 대규모의 지도를 펼쳐놓고 그 위에서 등장인물들의 긴 여정을 완벽하게 따라갈 수 있을 정도이다.

이렇게나 긴 이야기의 주인공은 과학자들로 구성된 연구팀이다. 다양한 각도에서의 흥미로운 발견이 가능했던 것도

---

이다. 익명으로 낸 산문시집 《말도로르의 노래》에서는 185가지나 되는 서로 다른 동물들이 손톱과 발톱, 부리와 턱 등으로 인간을 잔인하게 공격한다. 생전에는 완전한 무명작가였으나 제1차 세계대전이 끝난 뒤 초현실주의자 시인들에게서 광기 어린 상상력을 재평가받으며 랭보와 같은 반열에 올랐다.

바로 이 때문이다. 레이크Lake의 묘사는 동물 생리학에 기초한 것이었으며 피바디Peabody에 관한 묘사는 지질학과 관련이 있다. 심지어 H. P. 러브크래프트는 판타지 문학에 푹 빠져서 《아서 고든 핌의 이야기》[32]의 문장들을 끊임없이 인용하는 어떤 한 학생을 이들 팀에 합류시키는 호사를 누리기도 했다. 그는 포와 승부를 겨루는 일도 더는 두려워하지 않았다. 심지어 1923년 러브크래프트는 본인의 작품을 일컬어 "고딕풍의 호러"라고 부르는가 하면, 자기 자신은 "선배 작가들의 문체를, 그중에서도 특히 에드거 포의 문체를" 충실하게 따르고 있다고 밝히기도 했다. 그러나 그는 이후 또 다른 변화를 보인다. 러브크래프트는 인간이 알고 있는 지식 가운데 본인의 눈에 가장 낯설어 보이는 분야의 어휘와 개념들을 판타지 소설 안으로 억지로 집어넣음으로써 이야기의 구조를 완전히 부숴버리게 된다. 어찌 됐든 간에 이후 프랑스에서 최초로 번역된 러브크래프트의 작품들은 공상과학소설 전집의 일부로 출간되었다. 기존의 분류 방식으로는 그를 수식할 수가 없었던 것이다.

　동물 생리학의 임상과 관련된 어휘나 (코만치아 시대[33]에서

---

**32** 1838년에 출간된 에드거 앨런 포의 유일한 장편 소설. 표면적으로는 주인공 아서 고든 핌이 젊은 시절 배를 타고 모험을 떠나며 있었던 이야기이다. 주인공이 남극으로 떠난다는 부분에서 이야기가 돌연 끝이 남으로써 오랫동안 미완성작이라는 오해를 받았다.

**33** 백악기의 초기에 해당하는 시기. 백악기는 약 1억 4500만 년 전에서 6500만

발견된 가짜 시생대[34] 지층 등과 같이) 그보다도 훨씬 더 신비로운 고생물학의 어휘만 러브크래프트가 자신의 우주 안으로 들이고자 한 것의 전부는 아니다. 그는 언어학의 전문 용어에도 빠르게 흥미를 느끼기 시작했다. "까무잡잡한 피부에 얼핏 보면 파충류의 형상을 한 사람은 최초 아카드[35] 말의 사투리를 연상시키는 자음들을 연속으로 빠르게 내뱉거나 콧방귀를 뀌는 듯한 소리를 내곤 했다."

고고학과 민속학도 처음부터 러브크래프트의 계획에 포함되어 있었다. "우리가 알고 있는 모든 지식을 검토해야 해, 윌머스! 여기 있는 프레스코화들은 수메르의 대규모 공동묘지보다 7천 년은 더 오래된 것들이라고!" 한편, H. P. 러브크래프트는 "노스캐롤라이나주[36]에 사는 원주민들의 굉장히 혐오스러운 몇 가지 의례"에 관한 내용을 이야기 안으로 슬쩍 집어넣으면서도 실패 없이 깊은 인상을 남겼다. 그러나 이보다 더욱 놀라운 사실은 그가 비단 인문학에서만 그친 것이 아니라는 것이다. 러브크래프트는 가장 이론적이면서도 문학의 세계에서 **선험적으로** 가장 멀리 떨어져 있는 "자연과학"의 영역에 대해서도 마찬가지로 공격을 서슴지 않았다.

---

년 전 사이에 해당하는 중생대의 마지막 시기를 말한다.
**34** 최초의 지질 시대에 해당하는 선캄브리아대에서 전반기에 해당하는 시대.
**35** 기원전 2334년에 메소포타미아 남부 지역에서 셈족 출신의 사르곤 대왕에 의해 세워진 국가.
**36** 미국 남동부 대서양 해안에 있는 주.

아마도 러브크래프트의 작품 가운데 가장 소름 끼치는 소설이라고 할 수 있는 《인스머스의 그림자》는 이야기 전체가 "도무지 입에 담기도 어려울 정도로 끔찍한" 유전적인 변성變性의 발상에 기반을 두고 있다. 이러한 변화는 가장 먼저 피부의 감촉과 모음을 발음하는 방식에 영향을 미치며 이어서는 신체의 전반적인 형태와 호흡계 및 순환계의 해부 구조의 측면에서도 나타난다…. 세부적인 묘사를 선호하는 취향과 이야기가 극적으로 전개되는 구조로 인해 책을 읽는 것이 정말로 고통스러울 정도이다. 이 작품에서 유전학을 활용한 까닭은 전문 용어가 무언가를 환기해 내는 힘을 가지고 있기 때문이기도 하지만 다른 한편으로는 학문 그 자체가 이야기의 이론적인 구조가 될 수도 있기 때문이라는 점에 주목할 필요가 있다.

이어서 H. P. 러브크래프트는 수학과 물리학 분야에서 당시에는 아직 발견되지 않았던 이론 속으로도 망설임 없이 빠져들었다. 그는 위상 기하학에서 시적인 감수성을 최초로 꿰뚫어 보았으며 형식 논리학의 불완전성에 관한 쿠르트 괴델[37]의 연구를 보고 최초로 몸의 전율을 느낀 작가였다. 그렇게나 생소한 공리 구조들을 이야기 안에 함축시키는 작업은 조

---

**37** Kurt Gödel. 오스트리아 - 헝가리 제국 출신의 수학자. 완전성 정리와 불완전성 정리를 증명해 냄으로써 논리학 역사상 가장 중요한 인물 중 한 사람으로 꼽힌다.

금은 불쾌하게 느껴질 수는 있으나 크툴루 시리즈를 구성하는 암흑의 존재들이 출현하기 위해서는 의심할 여지가 없이 필수적인 과정이었다.

"동양의 두 눈을 가진 어떤 사람이 말하기를 시간과 공간은 상관적인 관계에 있다고 했다." 아인슈타인의 연구 업적을 종합하고 있는 이 이상한 문장은 1922년에 발표된《히프노스》에서 발췌한 것이다. 그러나 이는 훗날《위치 하우스에서의 꿈》[38]에서 이론적이고 개념적인 방식으로 정점을 찍게 될 폭발을 그저 소심하게 알리는 서문에 불과하다.《위치 하우스에서의 꿈》에서는 17세기의 어떤 한 늙은 마녀가 "플랑크[39]와 하이젠베르크,[40] 아인슈타인, 드 지터[41]의 발견을 초월하는 수준의 수학적 지식을 습득해"가는 참담한 상황을 설명하고 있다. 불운의 월터 길먼Walter Gilman이 사는 집의 모퉁이들은 오로지 비유클리드 기하학의 관점으로만 설명될 수 있는 이상한 특징을 가지고 있다. 지식을 향한 열망에 사

---

**38** 수학과 양자물리학에 능한 이 책의 주인공 월터 길먼은 오래된 집에 살고 있다. 그 집은 17세기에 늙은 마녀가 살던 곳으로, 길먼은 매일 밤 그 마녀가 자신의 머릿속 지식을 습득해 시공간을 넘나드는 악몽을 꾼다..

**39** Max Planck. 19세기 후반에서 20세기 초에 활동했던 독일의 물리학자로, 1918년 노벨 물리학상을 받았다.

**40** Werner Karl Heisenberg. 20세기 독일의 이론물리학자로서 1932년 노벨 물리학상을 받았다.

**41** Willem de Sitter. 19세기 말에서 20세기 초에 활동했던 네덜란드의 천체물리학자.

로잡힌 길먼은 수학 과목을 제외하고 대학에서 배운 모든 내용을 잊어버리게 되고 결국에는 리만 방정식을 해결하는 천재성을 보임으로써 업햄Upham 교수를 깜짝 놀라게 한다. 업햄 교수는 "우주와 그 법리에 관하여 지금의 우리보다 더 많은 것을 알고 있었을 까마득한 오래전부터 — 이미 인류가 존재하고 있었든 아니면 인류가 나타나기 전이든 간에 — 입으로 전해 내려오고 있는 마술적인 지식의 일면과 고등수학 사이의 밀접한 관계를 보인 그의 증명을 특히나 마음에 들어했다."러브크래프트는 해당 부분에 (그가 이야기를 쓰고 있던 당시에 이제 막 발견된) 양자역학의 방정식을 첨부하며 이를 곧바로 "불경스럽고 역설적"이라고 말하기도 했다. 끝내 월터 길먼은 "시공간 연속체의 밖에 있는"우주의 영역으로부터 들어온 것으로 보이는 쥐 한 마리에게 심장을 뜯어 먹혀 죽음을 맞이하게 된다.

이렇게 러브크래프트는 가장 마지막으로 쓴 소설들 속에서 완전한 지식을 묘사해 내기 위해 다양한 형태의 수단을 활용하게 된다. 티베트의 어느 한 쇠퇴한 부족이 번식을 위해 행하는 몇 가지 의식들에 관한 모호한 기억, 내적 공간의 이해할 수 없는 대수학적 특징, 몸의 절반은 형태가 확실하지 않은 칠레 도마뱀 집단에서의 유전자 변형을 분석하는 작업, 정신이 반은 미쳐버린 어느 한 프란체스코회 수도사가 편찬한 귀신학 저서의 외설적인 주문들, 점점 강도가 증가하는 자기장에 종속된 중성미립자 그룹의 예측 불가능한 행태, 어떤 한 퇴폐적인 영국인 예술가가 만든 작품으로 대중에게 는 단 한 번도 공개된 적이 없는 흉측한 조각상들까지…. 이 모든 것은 다차원의 우주를 환기하는 데 활용될 수 있다. 서로 가장 이질적인 영역의 지식들이 바로 그 우주로 수렴하여 교차함으로써 시적인 최면 상태를 만들어 금지된 진실을 드러내는 것이다.

학문은 현실 세계를 **객관적으로** 묘사하기 위해 엄청난 수고를 들이는 동시에 러브크래프트가 망상을 확대하는 데 필요한 도구를 제공해 주었다. 실제로 H. P. 러브크래프트는 객관적인 공포를 구현하고자 했다. 인간의 심리가 함축하고 있는 것에서 벗어난 공포 말이다. 러브크래프트 본인이 직접 밝히고 있듯이, 그는 "나선 모양의 성운에서 나오는 가스로 이루어진 지능에도 의미가 있을" 신화를 만들어내고 싶어 했다.

칸트가 "비단 인간뿐만 아니라 일반적으로 이성을 가지고 있는 모든 생명체에게" 유효한 하나의 윤리에 관하여 원칙을 세우고 싶어 했던 것처럼, 러브크래프트는 이성을 타고난 모든 생명체를 공포에 질리게 할 수 있는 환상을 창조해 내고자 했다. 한편, 이 두 사람은 또 다른 공통점을 보이는데, 체형이 야위고 단것을 좋아했다는 것 말고도 **완전히 인간적이지는 않다는** 의혹을 받았다는 점을 들 수 있을 것이다. 어쨌든 간에 "쾨니히스베르크[42]의 은둔자"와 "프로비던스의 은둔자"는 인간의 수준을 **능가하겠다는** 영웅적이고도 역설적인 자유의지를 가지고 있었다는 점에서 닮았다.

---

**42** Königsberg. 옛 동프로이센의 주도州都. 현재는 폴란드와 리투아니아 사이의 러시아 영토 '칼리닌그라드'에 해당하는 지역이다. 칸트는 쾨니히스베르크에서 태어나 죽기 전까지 그곳에서부터 100마일 밖으로는 벗어나지 않았다는 일화로 유명하다.

# 그러나 그 도면은 시간이라는 형언할 수 없는 건축물 안에서 길을 잃을 것이다

H. P. 러브크래프트가 말년에 썼던 소설들에서 볼 수 있듯이 과학적인 사실을 보고하는 방식의 문체는 다음과 같은 법칙에 응한 결과이다. "사건과 개체가 상상을 초월하리만큼 끔찍하면 끔찍할수록 그 묘사는 더욱더 구체적이고 냉담해질 것이다." 말로는 설명할 수 없는 것을 철저하게 분석하기 위해서는 해부용 메스가 필요한 법이다.

따라서 인상주의란 인상주의는 모두 몰아내야 한다. 그 말인즉슨 현기증을 일으키는 문학을 구축해야 한다는 뜻이기도 하다. 이때 일정한 수준의 **층위 간 불균형**, 즉 치밀함과 무한함의 병렬, 단발적인 것과 영구적인 것의 병렬이 있지 않고서는 현기증이라는 것은 느껴질 수 없다.

이것이 바로 러브크래프트가 《광기의 산맥》에서 한 편의 드라마에 존재하는 점들 각각의 위도와 경도를 반드시 알려주고자 했던 이유이다. 반면, 그와 동시에 그는 우리가 속해 있는 은하계의 바깥에, 심지어는 우리가 생각하는 시공간 연속체 이상의 차원에 존재하는 개체들을 무대에 등장시킨다. 그렇게 함으로써 일종의 균형 감각을 구현하고자 한 것이다. 그 결과 등장인물들은 여러 개의 분명한 점들 사이사이를 옮겨 다니기야 하겠지만 어떤 심연의 가장자리에 서서는 주저하는 모습을 보이게 된다.

이는 시간의 영역으로 가면 정확히 반대의 양상으로 나타난다. 수억 년 떨어진 곳에 존재하는 개체들이 우리 인류의 역사 속에 모습을 드러내는 것이라면, 그러한 발현의 순간이 정확히 언제 일어났는지 기록하는 것이 중요해진다. 그렇게 단절의 지점이 쌓여가는 것이다. 형언할 수 없는 존재의 갑작스러운 난입을 허락하기 위해서는 말이다.

《시간의 그림자》의 화자는 매사추세츠주에서 "굉장히 정상적이고" 오래된 가문의 후손이자 정치경제학 교수이다. 침착하고 평온한 그에게 1908년 5월 14일 목요일 어떤 변화가 갑작스럽게 찾아올 만한 이유는 아무것도 없었다. 아침에 일어난 그는 두통이 있음에도 불구하고 늘 그렇듯이 수업을 하러 간다. 그리고 그렇게 사건이 발생한다.

의식을 잃은 것은 오전 10시 20분쯤 3학년과 몇몇 2학년 학생들을 대상으로 과거와 현재의 경제 동향에 관하여 정치경제학 과목의 6차시 수업을 하던 중이었다. 기이한 형체들이 눈앞에 아른거리기 시작하더니 강의실이 아니라 어떤 한 기괴망측한 방 안에 들어 있는 듯한 기분이 들었다.

내 생각과 말이 강의의 주제에서 벗어나기 시작하자 학생들은 무언가 심각하게 잘못된 일이 벌어지고 있음을 알아차렸다. 그렇게 나는 의식을 잃고 의자에 주저앉았고 그 누구도 깨우지 못할 혼수상태에 빠졌다. 그 후 평범한 세상의 햇빛을 정상적인 능력으로 볼 수 있기까지는 꼬박 5년 4개월 하고도 13일이 걸렸다.

16시간 반 동안의 기절 끝에 교수는 마침내 의식을 되찾는다. 그런데 그의 성격에는 미묘한 변화가 일어난 듯 보였다. 일상생활을 이루는 가장 기본적인 현실 요소에 대해서는 놀라우리만큼 무지해졌으나 가장 오래된 과거에서 일어난 사건들에 대해서는 초자연적인 감각으로 알고 있는 모습이었다. 그렇게 그는 공포감을 조성하는 전문 용어들을 사용하면서 미래를 이야기하기 시작한다. 교수의 대화는 마치 아주 오래전부터 **게임의 내막**을 완벽하게 알고 있기라도 하는 듯 때로는 수상하게 비꼬는 어조를 내비친다. 그의 얼굴 근육의 움직임도 완전히 바뀌어 있다. 교수의 가족과 친구들은 본능적으로 싫은 내색을 비추는가 하면, 그의 아내는 어떤 낯선 사람이 "남편의 몸 안을 부당하게 비집고 들어가" 있다고 주장하며 결국 이혼을 요구한다.

실제로 피슬리Peaslee 교수의 몸은 위대한 종족 중 하나의 영혼에 의해 점령당한 상태였다. 그것은 주름진 원뿔 모양을 하고 인간이 출현하기 훨씬 전부터 대지를 지배하고 있었으며 미래로 영혼을 투영하는 능력을 획득한 존재였다.

너새니얼 윈게이트 피슬리Nathaniel Wingate Peaslee의 영혼이 육체에 동화되는 사건은 1913년 9월 27일에 일어났다. 11시 15분에 시작된 변화는 정오가 조금 지난 후에야 끝이 났다. 5년간의 침묵 끝에 교수가 처음으로 뱉은 말은 소설이 시작하는 시점에서 본인이 학생들에게 하고 있었던 정치경제학 수업의 나머지 부분을 정확하게 이어받은 것이었다. 이 얼마나 아름다운 대칭 효과이자 완벽한 이야기 구조인가.

"3억 년 전"과 "11시 15분"을 나란히 배열하는 것도 전형적이었다. 층위를 나누어 현기증을 일으키려는 것이다. 이 또한 건축 분야에서 거듭 빌려와 사용하고 있는 기술 중 하나이다.

모든 판타지 소설은 상상할 수 없는 금지된 영역에서 살아가는 괴물처럼 끔찍한 개체들이 우리 존재의 일상이 그려진 도면과 교차하는 지점에서 생겨난다. 러브크래프트의 작품에서 이러한 교차로의 설계도는 구체적이고 폐쇄적이며, 이야기가 진행될수록 점점 더 조밀해지고 복잡해진다. 그렇게 상상하기도 어려운 존재가 있다고 믿게 되는 것도 바로 이러한 서사적인 정확성 덕분이다.

때때로 H. P. 러브크래프트는 한곳으로 수렴하는 여러 개의 노선을 사용하기도 한다. 예를 들어, 《크툴루의 부름》의 이야기 구조가 그 풍성함으로 놀라운 인상을 남기는 것처럼 말이다. 어떤 한 퇴폐적인 예술가는 어느 날 밤 악몽을 꾸게 된 후 아주 흉측한 몰골의 작은 조각상을 만들어나가기 시작한다. 17년도 훨씬 전에 세인트루이스[43]에서 열렸던 고고학 학회에서 그 자리에 참석한 연구자들을 굉장히 불쾌하게 했던 이 조각 작품 속에서 에인절Angell 교수는 반은 문어에 반은 사람인 괴물의 형태를 새로이 완벽하게 보여주는 표본을 발견하게 된다. 이 조각을 학회에 가지고 온 것은 어느 경찰 조사관이었는데, 그는 부두교[44]에서 지금까지도 행하고 있는 제례 중에 인신 공양과 신체의 절단을 포함하는 몇몇 의식들을 조사하는 과정에서 그것을 발견하게 된 것이었다. 학회에

---

**43** 미국 미주리주에 위치한 도시.

**44** 아프리카 서부의 베냉과 서인도제도 아이티, 미국의 뉴올리언스를 중심으로 크리올 출신의 흑인들 사이에 퍼져 있는 종교. 일명 '로아Loa'라고 불리는 정령들을 숭배하기 위해 다양한 종류의 주술이 이루어진다. 의식의 경우 대개 밤중에 북의 리듬에 맞게 춤을 추며 동물과 같은 살아 있는 제물이나 그와 비슷한 모양으로 본을 뜬 대체물을 바치는 방식으로 이루어진다.

참석했던 누군가는 그것이 퇴보한 에스키모 부족에서 숭배하는 바다의 우상을 떠오르게 한다고 말하기도 했다.

프로비던스 항구에서 어느 한 흑인 선원이 밀어버리는 바람에 에인절 교수가 "갑작스럽게" 사망하게 된 이후, 교수의 조카는 삼촌의 조사 작업을 계속해서 이어나간다. 그는 신문에서 스크랩한 기사들을 하나하나 살펴본 끝에 뉴질랜드 바다에서 요트 하나가 전복되는 바람에 그 위에 타고 있던 사람들이 설명할 수 없는 이유로 죽게 된 사건을 다룬 시드니 신문의 한 기사를 발견하게 된다. 사고의 유일한 생존자인 선장 요한센Johansen은 미치광이가 되어버렸다는 내용이었다. 에인절 교수의 조카는 선장을 인터뷰하기 위해 노르웨이로 향했으나 그는 끝내 의식을 되찾지 못한 채 생을 마감한 뒤였다. 홀로 남겨진 선장의 아내는 그에게 어떤 원고를 하나 건네주었는데, 그 안에는 선원들이 바다 한가운데에서 **조각상과 정확하게 똑같은 윤곽을 가진** 거대하고 경멸스러운 어떤 형체를 만났다는 내용이 적혀 있었다.

세 개의 서로 다른 대륙에서 전개되는 이 소설에서 H. P. 러브크래프트는 객관성을 부여하기 위해 신문 기사나 경찰 수사 보고서, 과학자 연구팀의 학술 보고서 등과 같은 여러 서사 기법들을 반복하여 쓰고 있다. 이 모든 요소는 노르웨이 선장과 함께 배를 타고 있었던 불운의 동료들과 거대한 크툴루의 만남이라는 극의 최고 절정기를 향해 수렴해 나아간다. "그는 배에 다시 돌아오지 못한 여섯 명의 선원 중에서 두 명은 이렇게나 저주받은 순간에 공포를 느껴 죽은 것이라고 믿었다. 그 괴물을 묘사할 수 있는 사람은 아무도 없을 것이다. 그 어떤 언어로도 저 아득한 옛날부터 비명을 질러대고 있는 광기의 심연을, 모든 물질과 힘, 우주의 질서 사이에 존재하는 이렇게나 섬뜩한 모순을 표현해 내지는 못할 것이다."

오후 4시와 4시 15분 사이가 되면 시간이라는 건축물의 벽 사이에서 틈이 하나 생긴다. 그리고 그렇게 벌어진 그곳을 통해 어떤 무시무시한 실체가 우리의 대지 위로 모습을 드러내는 것이다. "판글루 글루나파 크툴루 르뤼에 가나글 파탄!"

거대한 크툴루는 내면의 심층을 지배하는 주인이다. 바람 위를 걸어 다니는 파괴자 하스터Hastur는 감히 그 이름을 불러서는 안 되는 존재이다. 니알라토텝은 사방을 기어 다니는 카오스이다. 뚜렷한 형체도 없고 아무런 생각도 없는 백치 아자토스는 완전한 무한 속에서 침을 흘리며 부글부글 끓고 있다. 아자토스와 함께 지배하는 요그 소토스Yog-Sothoth는 "모두이자 하나인 동시에 하나이면서도 곧 모두인" 존재이다. 이들은 러브크래프트 신화를 구성하는 핵심 요소로서 그의 뒤를 이어나갈 후대의 작가들에게 엄청난 영감을 주었으며 오늘날까지도 우리의 마음을 사로잡고 있다. 무려 입에 담기도 어려운 존재를 찾을 수 있도록 해주는 좌표들인 셈이다.

물론 윤곽이 정확하게 그려진 논리 정연한 신화는 아니다. 그리스 로마 신화나 이런저런 위인들의 이야기가 명료하고 **완결한** 특징으로 독자의 마음을 든든하게 해주는 것과는 대조적이다. 러브크래프트가 무대 위로 등장시킨 개체들은 아주 음침한 존재로 남아 있다. 그는 이들이 각각 어떤 힘과 능력을 지니는지 정확하게 분리해 내고자 하지 않았다. 사실 이러한 개체들의 정확한 본질은 인간의 모든 개념을 동원한다고 해도 파악하는 것이 불가능하다. 그들을 찬양하며 숭배 의식을 거행하는 불경스러운 책들에서조차도 그저 막연하고 모순된 방식으로만 이해하고 있을 뿐이다. 그들은 근본적으로 **형언할 수 없는** 존재로 남아 있다. 그들이 가지고 있는 흉측한 힘에 관하여 우리는 찰나의 개요만을 가지고 있을 뿐이다. 이보다 더 자세하게 알고자 하는 인간들은 반드시 정신착란과 죽음이라는 대가를 치르게 되는 것이다.

# III.

## 홀로코스트

허약한 아방가르드의 음울한 안개가 걷히는 바로 그 순간, 20세기는 장편 서사 판타지 문학의 황금기로 남을 것이다. 로버트 E. 하워드와 러브크래프트, J. R. R. 톨킨[1]의 출현을 이미 허락한 시대이다. 이들은 뿌리부터 완전히 달랐던 세 개의 우주이자, 대중의 압도적인 지지를 받았던 만큼 비평가

---

**1** J. R. R. Tolkien. 20세기 영국의 판타지 소설 작가이자 언어학자. 판타지 문학의 하위 장르로서 오늘날 우리가 살아가는 지구상의 문명과는 아무런 접점도 없이 어딘가에 또 다른 문명의 세계가 존재한다는 설정의 '하이 판타지'를 정립했다는 평가를 받는다. 대표작으로는 1950년대 초부터 총 세 권에 걸쳐 쓰인 《반지의 제왕》 시리즈와 그 전작으로서 발표된 그의 첫 소설 《호빗》(1937)이 있다. 《반지의 제왕》은 호빗 프로도Frodo를 중심으로 결성된 비밀 결사대가 악마의 반지를 파괴하는 동시에 일명 '가운데땅'을 지켜나가는 여정을 그린 소설이다.

들의 엄청난 멸시를 당하기도 했던 **꿈의 문학**을 받치고 있는
세 개의 기둥과도 같다.

그렇다고 한들 무슨 소용인가. 언제나 그렇듯이 평론가들
은 결국 자신들의 실수를 인정하게 될 것이다. 아니 더 정확
히 말하자면 그들은 언젠가 생을 마감하거나 또 다른 평론가
들로 대체될 것이다. 그렇게 30년 동안이나 경멸의 침묵이
이어진 끝에 "지성인들"은 마침내 러브크래프트에게 관심을
가지기 시작했다. 그리고 그들의 결론은 러브크래프트 개인
은 정말이지 놀라운 상상력을 가지고 있지만 (어찌 됐든 간에
러브크래프트의 성공을 어떻게든 설명해야만 했을 것이다) 그의
문체는 유감스러운 수준이라는 것이었다.

심각해질 필요는 없다. 러브크래프트의 문체가 유감스러
운 수준이라고 한다면, 문체라는 것이 문학에서는 그다지 중
요한 요소가 아니라고 재치 있게 받아치며 다른 주제로 넘어
가면 되는 일이다.

그러나 이렇게나 멍청한 생각도 이해하려면 해볼 수는 있
다. 20세기 초에 활동했던 모든 여성 참정권 운동가들을 한
자리로 집결시킬 수 있었던 우아하고도 섬세하며 절제된 미
니멀리즘의 문체 개념은 H. P. 러브크래프트의 구미를 전혀
돋우지 못했다는 점을 분명하게 밝힐 필요가 있다. 여기 《피
라미드 아래서》에서 발췌한 한 문단을 예시로 살펴보자.

이집트의 공포와 방탕한 유적, 그리고 그것이 오래전부터 망자의 무덤이나 신전과 관련하여 맺어오고 있던 섬뜩한 동맹 관계가 보였다. 황소와 매, 고양이, 따오기의 머리를 한 사제의 유령들이 행렬을 짓는 모습을 보았다. 지하의 미로를 따라, 인간이 파리처럼 작게 보일 만큼 거대한 아크로폴리스 언덕의 입구를 따라 끝없이 이어지며 감히 묘사할 수 없는 신들에게 이름을 알 수 없는 제물들을 바치는 사제 유령들의 행렬 말이다. 거대한 석상들은 끝이 보이지 않는 어둠 속을 걸어 다니며 머리는 남자인 데다가 입을 활짝 벌리며 웃고 있는 스핑크스의 무리를 무한하고 시커먼 강물의 기슭으로 몰아내고 있었다. 그 너머로 보이는 것이라고는 색은 검은 데다가 딱히 정해진 형태도 없으며 어둠 속에서 나를 찾기 위해 탐욕스러운 손을 더듬거리는 태고의 주술에서부터 이루 말할 수 없이 느껴지는 악의뿐이었다.

이렇게 과장하며 허풍을 떠는 듯한 문장들은 실제로 교양 있는 모든 독자에게 방해가 되었다. 그러나 이렇게 극단적인 문단들이야말로 분명히 러브크래프트의 진정한 아마추어 팬들이 가장 선호하는 부분이라는 사실을 재빨리 밝힐 필요가 있다. 이러한 능력에 있어서만큼은 러브크래프트를 따라올 작가가 단 한 명도 없었다. 다른 작가들은 러브크래프트가 수학적인 개념들을 활용하고 이야기에 등장하는 각 장소의 지형을 구체적으로 설명하는 기술 방식을 빌려 사용하는가 하면, 그의 신화뿐만 아니라 그가 상상 속에서 지어낸 광란의 도서관을 그대로 가져다 쓰기도 했다. 그러나 러브크래프트가 문체적으로 신중함을 잃고 작성한 문장들을 모방할 생각은 절대로 하지 못했다. 해당 부분에서는 형용사와 부사가 심각하게 반복적으로 쓰이는가 하면, "아니! 하마라면 인간의 손을 가져서도, 미친 듯이 타오르는 횃불을 들고 있어서도 안 되지!"와 같은 식으로 순진무구한 망상이 담긴 느낌표들이 마구 찍히기도 한다. 그러나 바로 이런 부분이야말로 작품이 보여주고자 했던 진정한 목표라고 할 수 있다. 심지어는 러브크래프트의 "그랑 텍스트"들이 대부분 섬세하고 정교한 구조로 이루어져 있는 이유를 그저 문체적으로 폭발이 일어나는 문단들을 대비하기 위해서라고 간주할 수도 있을 것이다. 그러한 예로 《인스머스의 그림자》에서 반은 미쳐버린 알코올 중독자인 90대 노인 제이독 앨런Zadok Allen이 정신이 나간 상태로 털어놓고 있는 고백을 들어보자.

히히히! 이제 좀 상황 파악이 되나, 어? 그때 우리 집 지붕 꼭대기에 올라가 밤바다 한가운데에 있는 그것들을 지켜본 내가 당신들은 부러울 거야. 아, 작은 항아리라도 큰 귀를 달고 있는 법이지. 오벳Obed 선장과 선원들이 그 모래톱에서 무슨 이야기를 떠들어댔는지 하나도 빠짐없이 다 들었다네! 히히히! 아버지가 바다에서 쓰는 망원경을 가지고 지붕에 올라간 그날 밤 달이 떠오르는 바로 그때 순식간에 떨어진 그 두툼한 형체들이 모래톱에서 득실거리던 걸 도대체 어떻게 설명할 거냐는 말이야! 오벳과 나머지 사람들은 밑바닥이 평평한 작은 배를 타고 있었고 그 형체들은 바다 깊숙이 떨어져 내린 뒤 다시는 나타나지 않았지···. 어린애 혼자 지붕 위에서 인간의 형체도 아닌 그것들을 보고 있으면 기분이 어떤 줄 아나···? 어···? 히히히···.

당시의 풍류를 대표했던 다른 작가들 사이에서 러브크래프트를 단연 돋보이게 해주는 것은 세부적인 차원 그 이상의 문제이다. 만일 어떤 소설을 쓰는 데 있어서 적어도 단 한 번이라도 **경계선을 넘어가는** 기회를 누리지 못했더라면 H. P. 러브크래프트는 그것을 아마도 실패한 것으로 간주했을 것이다. 이러한 사실은 **역으로** 그가 어떤 동료 작가에 대해 발언했던 다음과 같은 평가에서 확인할 수 있다. "헨리 제임스[2]는 황량하고 파괴적인 공포를 완전히 구현해 낸다는 명목 아래 어쩌면 조금은 과하게 장황하고 겉만 번지르르하게 세련

---

2 Henry James. 19세기 후반 미국의 소설가. 약 20여 편의 장편과 100여 편이 넘는 중단편 소설, 각종 평론과 여행기, 희곡 등을 남겼다. 대표작으로는 인간의 감정과 의식의 세밀한 탐구를 바탕으로 자유롭고 독립적인 삶을 갈망하는 여인 이사벨 아처Isabelle Archer의 인생을 그린 《여인의 초상》(1881)과 유령이라는 초자연적인 현상을 통해 인간의 감각 경험과 의식 속 환상에 대한 문제를 치밀하게 다룬 《나사의 회전》(1898) 등이 있다. 소설이라는 장르의 형식을 체계화하고 소설 비평의 이론을 정립하여 현대 리얼리즘 소설의 대가라는 평가를 받는다.

되며 언어의 미묘한 뉘앙스에 지나치게 집착하고 있는 건지도 모르네."

이러한 사실은 러브크래프트가 평생에 걸쳐 신중하고 점잖으며 좋은 교육을 받고 자란 전형적인 신사의 모습으로 살았다는 사실을 고려할 때 더욱더 충격적으로 다가온다. 그는 무서운 이야기를 들려주거나 사람들 앞에서 흥분하는 유형의 사람이 절대 아니었다. 그가 화를 내는 모습을 한 번이라도 목격한 사람은 아무도 없었다. 그는 심지어 눈물을 흘리거나 웃겨서 자지러지는 모습 또한 보인 적이 없었다. 최소한으로 축소된 삶을 살았던 러브크래프트는 본인에게 주어진 모든 생명력을 문학과 꿈을 향해 펼쳐 나아갔다. 참으로 모범적인 삶이 아닌가.

# 반反전기

어떻게 하면 인생을 망칠 수 있는지 그리고 상황에 따라서는 본인의 작품을 어떻게 흥행시킬 수 있는지를 배우고 싶어 했던 모든 사람에게 하워드 필립스 러브크래프트는 본보기가 된다. 비록 후자의 경우에는 결과를 보장할 수는 없지만 말이다. 생명 유지에 필수적인 현실에 맞서 그 어떤 진영에도 속하지 않는 비동맹주의 정책을 완전히 실현하기 위해서는 완전한 무감각으로 빠져들거나 심지어 더는 글을 써낼 수 없는 지경에 이르는 위험을 감수해야만 한다. 실제로 러브크래프트도 이러한 일을 몇 번이나 겪어야만 했다. 또 다른 위험 요소로는 자살이 있다. 이에 대해서는 타협하는 법을 배울 필요가 있다. 이에 러브크래프트는 수년간 손이 닿는 거리에

언제나 청산가리가 담긴 작은 병 하나를 두고 지냈다. 버텨
낼 수만 있다면 굉장히 유용한 방법이었다. 그리고 러브크래
프트는 아무런 어려움 없이 저항에 성공해 냈다.

먼저, 돈의 경우를 살펴보자. 이 점에 있어서 러브크래프트
는 본인의 뜻과는 상관없이 가난하고 사리사욕이 없는 개인
의 사례를 보여주고 있다. 그는 단 한 번도 궁핍에 빠진 적
은 없었으나 평생을 경제적으로 여유롭지 못한 생활을 이어
나갔다. 러브크래프트가 사람들과 주고받았던 편지를 읽어
보면 그가 가장 기초적인 소비 항목을 포함하여 각종 물건의
가격이 얼마인지를 쉬지 않고 살펴야 했다는 가슴 아픈 사실
을 확인할 수 있다. 러브크래프트는 단 한 번도 자동차를 산
다거나 본인이 꿈꿔왔던 유럽 여행을 하는 등 규모가 큰 지
출을 과감하게 해볼 만한 형편이 되지 못했다.
　수입 중 대부분은 글을 검토하고 교정해 주는 일을 하며
번 것이었다. 러브크래프트는 굉장히 낮은 수당에도 기꺼이
일을 해주곤 했으며 심지어는 친구가 부탁하는 일이라면 돈
을 받지 않기도 했다. 입금을 받지 못하게 되는 일이 생길 때
면 대부분은 돈을 주기로 했던 사람에게 다시 연락해 보는
일을 삼가곤 했다. 돈이 얽힌 지저분한 이야기에 연루되거나
자기 자신의 개인적인 이득을 따지며 심하게 걱정하는 것은
**신사**에게는 어울리지 않는 모습이었다.

한편, 러브크래프트는 유산으로 물려받은 약간의 자본을 가지고 있었다. 이를 평생에 걸쳐 조금씩 떼어 사용하기는 했으나 생활에 도움이 되는 수준 이상이 되기에는 너무나도 적은 액수였다. 생을 마감하는 바로 그 순간 그가 가지고 있었던 돈의 잔액이 거의 무일푼에 가까웠다는 것은 참으로 안타까운 일이 아닐 수 없다. 마치 (얼마 되지 않는) 가족 재산과 본인의 (꽤 훌륭한) 능력을 고려하여 자기 자신에게 살아갈 날이 얼마나 남았는지 정확히 계산하면서 살기라도 했던 것처럼 말이다.

러브크래프트 본인이 직접 쓴 작품은 실질적으로는 그에게 아무런 이득도 가져다주지 못했다. 어쨌든 간에 그는 문학을 직업으로 삼는 것이 적절하지 않다고 생각했다. 실제로 그는 "신사라면 고작 배우지 못한 일반 대중의 눈길을 사로잡는다고 떠오르는 이미지들을 일일이 적어내지는 않는 법이지."라고 쓰기도 했다. 이러한 발언을 할 수 있었던 솔직함까지도 아끼고 찬양하기란 분명히 어려운 일이다. 우리로서는 그저 여러 가지 금지 사항들로 짜여 있는 거대한 거미줄의 산물로 보일 뿐이다. 다만 다른 한편으로는 이를 러브크래프트가 있는 힘껏 견지해 왔던 낡아빠진 행동 양식을 엄격하게 적용한 결과로도 간주해야 할 필요가 있을 것이다. 그는 본인이 언제나 자기 자신과 몇몇 친구들의 즐거움을 만족시키기 위하여 대중의 취향이나 유행하는 주제 아니면 그 어떤 것이 됐든 간에 일절 상관하지 않고 일종의 예술로 문학을 음미하는 시골 신사로서 다른 사람들의 눈에 비추어지기를 바랐다. 그러나 이러한 사람이 차지할 수 있는 자리는 우리 사회 그 어디에도 존재하지 않는다. 러브크래프트 본인도 이러한 사실을 알고는 있었으나 실제로 염두에 두는 것은 끊임없이 거부했다. 어쨌든 간에 진정한 "시골 신사"로부터 러브크래프트를 구분해 주었던 것은 그가 아무것도 소유하지 않았다는 사실이다. 그러나 이마저도 러브크래프트 본인은 인정하려고 하지 않았다.

미친 듯이 돈을 버는 일을 중요하게 생각했던 시대에 본인의 이름이 팔리는 것을 이렇게까지 완고하게 거부하는 사람을 보고 있자면 위안이 된다. 그러한 사례로 1923년 러브크래프트가 본인의 원고를 《위어드 테일즈》[3]에 처음으로 보내면서 동봉했던 편지를 읽어보자.

친애하는 담당자님께,
저는 원래 저 자신이 재밌자고 기괴하고 섬뜩한 판타지 이야기를 쓰는 사람입니다. 그런데 얼마 전부터 열 명 남짓한 친구들이

---

**3** 1923년에 창간된 미국의 펄프 매거진으로 주로 판타지 장르의 단편소설들이 실렸다. H. P. 러브크래프트와 로버트 E. 하워드, 클라크 애슈턴 스미스로 구성된 삼인방을 비롯하여 많은 판타지 소설 작가들이 《위어드 테일즈》를 통해 이름을 알렸다. 1954년 9월호를 마지막으로 발행이 중단됐다.

최근에 새로 설립된 귀 잡지에 제가 쓴 고딕풍의 공포 소설 몇 편을 보내보라며 아주 의도적으로 저를 괴롭히고 있습니다. 여기 1917년과 1923년 사이에 쓴 다섯 편의 소설을 첨부합니다. 이 중에서 아마도 첫 두 작품이 가장 괜찮을 것입니다. 그러니 그 두 이야기가 마음에 들지 않으신다면 나머지 세 편은 굳이 읽지 않으셔도 됩니다. (…)

"상업적인" 글에서 요구되는 기준에 대해서는 저로서는 전혀 아는 바가 없으니 저의 소설들이 그 기준을 충족할지는 모르겠습니다. 저의 바람은 기괴한 그림과 상황을 만들어내고 그러한 분위기를 연출해 내는 재미를 느끼는 것뿐입니다. 글을 쓸 때 염두에 두는 유일한 독자는 바로 저 자신뿐이고요.

저의 모델은 두말할 것 없이 선배 작가들입니다. 그중에서도 특히 아주 어렸을 때부터 가장 좋아하는 문인이었던 에드거 포를 본받고자 하지요. 만약 기적이라는 것이 일어나서 귀하께서 저의 소설을 출간하기로 하신다면, 이 한 가지 조건만을 제안드리고자 합니다. 글에서 그 어떤 부분도 삭제하지 말아 주십시오. 세미콜론과 쉼표 하나하나까지 제가 쓴 그대로 글이 인쇄될 수 없다면 정중히 부탁드리건대 저의 제안을 거절해 주십사 합니다. 타인에 의한 삭제야말로 지금 살아 있는 미국 작가 중 그 누구도 진정한 산문체를 가지고 있지 않게 된 이유 중 하나라고 생각합니다…. 그래도 제 원고가 귀하의 마음에 들 가능성은 희박하니 저로서는 비교적 운이 좋은 편이지요. 《데이곤》의 경우 이 편지에서처럼 겉으로 보이는 것에 관한 조건을 걸고 《블랙 마스크》[4]에 보냈다가 이미 거절된 바 있습니다.

이후 러브크래프트는 많은 부분에서, 특히 "선배 작가들"의 문체를 존경하는 것과 관련해서는 생각을 바꾸게 된다. 그러나 고결하면서도 자학적이고 상업주의를 완강하게 거부했던 태도만큼은 변함이 없었다. 글을 타자로 치는 것을 거부하는가 하면 군데군데가 더럽고 구겨진 원고를 출판사에 그대로 보내며 본인의 작품이 이전에 다른 출판사에서 거절된 적이 있다는 사실을 기계적으로 언급하고 있는 그런 모습 말이다…. 이 모든 것의 목적은 누군가의 마음에 들지 않기 위함이었다. 한치의 물러남도 없었다. 여기에서조차도 그는 자기 자신과의 시합을 치르고 있었다.

---

**4** *Black Mask*. 1920년에 창간된 미국의 추리소설 전문 잡지. 1951년 이후 발행이 중단됐다.

물론 연애 이야기를 읽는 일에는 익숙하지가 않네. 겉핥기 식이
아니라면 말이야.

　　　—1919년 9월 27일 라인하르트 클라이너에게 쓴 편지

러브크래프트의 전기에는 사건이랄 것이 정말로 거의 들어
있지 않다. 그가 사람들에게 보내는 편지에서 반복적으로 쓰
곤 했던 문장처럼 "한 번도 무슨 일이 생기는 법이 없다."
그러나 우리는 이미 얼마 되지 않는 몇 가지 사건들로 축약
될 수 있는 그러한 인생이 만약 소니아 하프트 그린Sonia Haft
Greene을 만나지 못했더라면 완벽하게 텅 비어 있었을 것이라
고 말할 수 있다.

그린도 러브크래프트와 마찬가지로 "아마추어 저널리즘"의 흐름에 속해 있었다. 미국에서 1920년을 전후로 아주 활발하게 일어났던 이 운동은 출판 생태계의 바깥으로 밀려나 고립되어 살아가는 수많은 작가에게 그들의 작품이 인쇄되어 배포되고 독자들에게 읽히는 기회를 누리는 만족감을 가져다주었다. 이는 러브크래프트의 유일한 사회생활이었고, 덕분에 러브크래프트는 친구들도 사귀고 아내도 만나게 되었다.

러브크래프트를 만날 무렵 그린은 38살, 즉 그보다 7살이나 연상이었다. 이미 한 번 이혼의 경험을 겪은 그녀에게는 첫 결혼 생활에서 생긴 열여섯 살 딸이 하나 있었다. 뉴욕에서 사는 그린은 어느 한 옷 가게에서 점원으로 일을 하며 돈을 벌었다.

그린은 러브크래프트를 만나자마자 곧바로 사랑에 빠진 듯 보인다. 그에 비해 러브크래프트의 태도는 신중한 편이었다. 솔직히 말해서 그는 여자에 관해서라면 정말로 아무것도 알지 못했다. 먼저 손을 내밀어야 하는 쪽은 그린이었고 심지어 그다음 단계들도 그녀가 이끌어야 했다. 그녀는 러브크래프트를 저녁 식사에 초대하는가 하면 프로비던스에 있는 그를 직접 보러 가기도 했다. 그리고 마침내 로드아일랜드주의 매그놀리아Magnolia라고 불리는 어느 한 작은 마을에서 러브크래프트에게 키스를 하게 된다. 러브크래프트는 얼굴이

빨개지더니 곧바로 창백해진다. 그린이 그런 모습을 귀여워 하며 놀리자 그로서는 누군가 자기에게 입맞춤을 하는 것이 아주 어린 시절 이후로 처음이라고 설명해야만 했다.

이상의 이야기는 1922년에 있었던 일이고 당시 러브크래프 트는 32살이었다. 러브크래프트와 그린은 그로부터 2년 후 결혼을 하게 된다. 그렇게 몇 달이 지나고 나서야 러브크래 프트는 조금씩 긴장이 풀리는 듯 보였다. 소니아 그린은 유 난히도 친절하고 매력적인 여인이었다. 일반적인 기준으로 봐도 아주 아름다운 여자였다. 그리고 그렇게 상상치도 못했 던 일이 결국에는 벌어지게 된다. "노신사"도 사랑에 빠져버 리게 된 것이다.

시간이 흘러 러브크래프트와 헤어지게 된 그린은 그동안 그가 자신에게 보냈던 편지들을 모두 찢어서 버리게 된다. 그리고 그중에서 이상하면서도 감동적인 편지 하나가 버려 지지 않고 살아남았는데, 그 안에는 모든 측면에서 인간적인 것과는 굉장히 거리가 멀다고 생각했던 누군가가 사람이 느 끼는 사랑의 감정을 이해하고자 했던 의지가 담겨 있었다. 그중 몇몇 짧은 문단들을 아래에 적어본다.

사랑하는 그린 씨에게.
남자와 여자가 서로를 사랑한다는 것은 그러한 감정의 대상인 사람의 미학적이고도 감정적인 삶과 어느 정도 특별한 관계를 설정하는 것을 목표하는 상상 속의 경험이지요. (⋯)

오랫동안 천천히 무르익은 사랑으로 이어온 세월이 지나고 나면 적응과 완벽한 조정이라는 것을 하게 됩니다. 기억과 꿈속의 그림, 섬세한 미학적 자극, 그리고 꿈속에서의 아름다움을 보고 느끼는 그저 그런 감동은 서로가 상대방에게 말하지 않고도 끼칠 수 있는 영향력을 통해 영원한 수정의 과정을 거치게 되는 것이지요. (⋯)

젊은 날의 로맨스와 성숙한 사랑 사이에는 분명한 차이가 있습니다. 마흔 살이나 쉰 살에 가까워지면 건전한 변화라는 것이 일어나기 시작하지요. 그것은 바로 사랑이 다정한 유대감을 기반으로 차분하고도 고요한 깊이에 도달하는 과정입니다. 그리고 그 유대감 뒤에서는 젊은 나이에 심취하기 마련인 성적인 열정의 가치가 떨어지고 평가가 절하되며 그늘로 들어서게 되는 것이지요.

젊음은 성욕을 촉진하고 상상 속에서나 가능한 자극들을 동반합니다. 이는 가냘픈 몸을 어루만지는 행위와 처녀의 몸짓, 고전적인 미를 지닌 곡선을 시각적으로 상상하는 것을 말하지요. 아주 아름답기는 하지만 부부간의 사랑과는 아무런 관련이 없는 봄날의 싱싱하고도 철없는 태도라고 생각합니다.[5]

---

**5** 해당 편지의 마지막 문단은 영어판에는 누락되어 있다. 참고할 영어 원문을 찾지 못하여 우엘벡의 프랑스어 번역에 의존해서 우리말로 옮겼다.

이론적으로 잘못된 생각은 아니다. 그저 상황에 조금 적절하지 않을 뿐이다. 이를테면 사랑을 고백하는 편지라고 하기에는 전체적으로 내용이 유별나다. 어쨌든 간에 이렇게나 공공연하게 드러나고 있는 러브크래프트의 반反에로티시즘조차도 그린을 막아내지는 못했다. 그녀는 남다른 애인의 망설이는 태도를 본인이 끝낼 수 있을 것 같은 기분이었다. 존재들 간의 관계에는 완벽하게는 이해할 수 없는 요소들이 있기 마련이다. 특히 이 두 사람의 경우야말로 그러한 사실을 보여주는 증거가 된다. 그린은 러브크래프트라는 한 사람과 그가 가지고 있는 불감증, 그의 방어 기제와 거부증, 그리고 그가 삶에 대해 느끼는 혐오감을 아주 잘 이해하고 있었던 것처럼 보인다. 한편, 본인을 서른 살의 노인이라고 생각했던 러브크래프트로 말할 것 같으면, 이렇게나 활발한 성격과 풍만한 몸매에 생명력이 가득한 창조물과의 합체를 내다보았다는 점이 그저 놀라울 따름이다. 게다가 그녀는 이혼 경력이 있는 유대인이었다. 이는 러브크래프트처럼 보수적인 반유대주의자에게는 차마 극복할 수 없는 장애물 같은 것이 될 수도 있었던 요소이다.

일각에서는 러브크래프트가 그린에게 얹혀살며 도움을 받고자 했다는 주장이 있다. 설령 이후에 일어난 일련의 사건들이 이러한 주장을 명백하게 반박할 수 있다고 할지라도, 그렇게까지 전혀 말도 안 되는 이야기는 아니다. 러브크래프트는 소설가로서 성과 결혼이라는 "새로운 경험에 도전하는" 시도에 확실히 굴복할 수도 있었다. 그래도 먼저 선수를 친 쪽은 그린이고 이에 러브크래프트는 감히 어떤 부분에 대해서도 절대로 거절할 수가 없었다는 점을 기억해야 한다. 한편, 이 두 사람의 사정을 가장 잘 설명하고 있는 것처럼 보이는 가설은 가장 그럴듯하지 않게 느껴진다. 바로 그린이 러브크래프트를 사랑했듯이 그 또한 **어떤 점에서는** 그녀를 사랑했던 것으로 보인다는 것이다. 그렇게 너무나도 다른 서로를 사랑했던 두 사람은 1924년 3월 3일 결혼의 인연을 맺게 된다.

# 뉴욕의 충격

러브크래프트 부부는 결혼 직후 브루클린에 있는 그린의 아파트에 정착하게 된다. 그곳에서 러브크래프트는 그의 인생에서 가장 경이로운 두 해를 보낸다. 프로비던스 출신에 조금은 우울한 기질이 있는 데다가 인간을 혐오하기까지 하는 은둔자가 상냥하고 활기 넘치며 언제든지 식당에 밥을 먹으러 가거나 박물관에 놀러 갈 준비가 되어 있는 남자로 변신한 것이다. 그는 본인의 결혼 소식을 알리기 위해 다음과 같은 열정적인 편지를 써서 보내게 된다.

둘을 합치면 그저 하나가 될 뿐입니다. 그중 나머지 한 사람도 러브크래프트의 성을 가지게 됐네요. 새로운 가족이 탄생한 것이죠!

해가 뜨면 규칙적으로 일어나 여기저기를 씩씩하게 분주히 돌아다니는 늙은이를 이번 주에 여러분께서 보러 오실 수 있기를 바랍니다. 그리고 이 모든 일에는 머지않아―저로서는 처음으로 일다운 일을 하는 것인데요―정기적인 집필 작업이 함께할 것이라 예상되네요!

러브크래프트의 편지를 받은 사람들이 집을 찾아왔고 부부의 아파트에는 손님들이 끊이지 않았다. 사람들은 세상에 환멸을 느끼는 노인네를 만나리라 기대하고 온 그곳에서 서른네 살의 청년을 발견하고는 아주 놀라워했다. 그날은 러브크래프트 또한 손님들이 느꼈던 것과 정확히 똑같은 유형의 놀라운 감정을 느꼈다. 심지어 그는 문학계에서 유명한 사람들이 꾸었다는 꿈들을 귀담아듣는가 하면 편집자들에게 연락을 취하며 **성공**이라는 것을 고민하기 시작했다. 이러한 기적을 만들어낸 주인공은 바로 그린이었다.

러브크래프트는 심지어 식민 통치 시절 프로비던스의 건축마저도 그리워하지 않았다. 그에게 있어서는 생존에 절대적으로 필요한 것이었는데도 말이다. 그러기는커녕 러브크래프트와 뉴욕의 첫 만남에서는 경탄의 감정이 특징적이었다. 그 뒷이야기는 1925년 다분히 자서전적인 성격으로 쓴 소설《그 남자He》에서도 살펴볼 수 있다.

맨 처음 도시를 마주한 것은 해 질 녘 어느 다리 위에서였다. 수면 위로 웅장하게 버티고 서 있는 도시에는 어마어마한 높이의 건물들과 피라미드 모양의 구조물들이 마치 보랏빛 안개를 뚫고 피어난 꽃들처럼 우아하게 솟아서는 붉은 황금빛의 구름과 초저녁의 별들과 함께 장난을 치고 있었다. 이윽고 길가의 전등에 하나둘씩 불이 켜지고 아스라이 낮게 으르렁거리는 경적들이 묘하게 어우러지며 반짝이는 잔물결 너머로 창문 하나하나가 불빛을 머금기 시작했다. 그렇게 별이 반짝이는 도시의 하늘은 요정들의 선율이 들려오는 꿈속의 모습과 닮아 있었다.

1924년만큼이나 러브크래프트가 행복과 가까운 시간을 보냈던 해는 없었다. 혹시나 부부의 인연이 더 오래 이어질 수 있었다면. 행여나 그가 《위어드 테일즈》의 편집자 일을 구할 수 있었다면. 또 만약 그가….

그러나 어떤 작은 사건이 엄청난 결과를 불러일으키면서 모든 것이 동요하기 시작한다. 그린이 일자리를 잃게 된 것이다. 그녀는 본인이 직접 가게를 차리려고 시도해 보았으나 끝내는 일이 잘 풀리지 않았다. 따라서 러브크래프트로서는 집안의 생계를 보장하기 위해 일을 구해야만 하는 상황이었다.

하지만 이는 절대로 불가능한 일이었다. 그는 백여 군데의 구인 공고에 연락을 취하고 즉흥적으로 구직 지원서를 작성해 제출하기도 하는 등의 노력을 기울였지만… 결과는 완전히 실패였다. 그럴 만도 한 것이 패기라든가 경쟁력, 상업적 감각, 생산성 등과 같은 단어들이 묘사하고 있는 현실 세계에 관하여 그로서는 아는 바가 아무것도 없었다…. 아무리 그렇다고 해도 심지어 경제 위기도 아니었던 당시에 하급직 일자리 하나라도 구할 능력은 있었어야 했는데…. 그런 경우가 아니었다. 정말이지 절대로 아니었다. 당시 미국 경제에서는 러브크래프트 같은 사람을 염두에 두고 마련된 일자리가 단 한 군데도 없었다. **불가사의한** 일이었다. 러브크래프트 본인으로서도 비록 자기 자신이 능력이 부족할뿐더러 사회에도 적응하지 못하고 있다는 사실을 잘 알고 있기는 했지만 완벽하게 이해할 수는 없는 상황이었다.

아래는 마침내 러브크래프트가 "잠재적인 고용주들"을 수신자로 하여 쓴 회문回文에서 발췌한 부분이다.

아무리 교양과 훌륭한 지적 능력을 갖추고 있는 사람이라고 할지라도 본인이 익숙한 것으로부터 심하게 벗어나는 새로운 분야에서 어떤 역량을 빠르게 획득하기란 불가능하다고 생각하는 것은 세상 물정에 어두운 경우로 보입니다. 그러나 최근에 겪었던 몇 가지 사건들은 제게 이러한 미신이 얼마나 공공연하게 퍼져 있는지를 이보다도 더 단호할 수는 없을 만큼 확실하게 보여주었습니다. 태어났을 때부터 가지고 있었거나 학업을 통해 쌓은 능력으로 할 수 있는 일을 찾기 시작한 지 벌써 두 달째, 약 백여 군데의 구인 공고에 연락을 취해보았으나 저 자신을 만족스럽게 피력할 만한 기회를 단 하나도 얻지 못했습니다. 보아하니 가지각색의 회사들에서 갖추고 있는 구체적인 산업 부서에서 이전에 고용된 경험이 없기 때문인 것 같습니다. 그러니 이제는 흔한 방법은 포기하고 경험해 본다는 마음가짐으로 도전할 생각입니다.

이러한 도전이 약간은 우스꽝스러워 보인다고 해서 (특히 "경험해 본다는 마음가짐으로"라는 표현의 경우가 그런데) 러브크래프트가 현실적으로 경제 사정이 어려웠다는 사실을 모르는 체해서는 안 된다. 이윽고 반복되는 실패는 그에게 충격으로 다가왔다. 러브크래프트 본인도 자신이 당시의 사회에서 요구하는 기준에 완벽하게 부합하지는 않는다는 사실을 어렴풋하게나마 알고는 있었지만, 이렇게나 매몰차게 거절을 당할 것이라고는 생각하지 못했다. 더 나아가 본인은 "관습과 필요성을 고려하여 가장 겸허한 마음으로 일을 시작할 뿐만 아니라 보통은 사회초년생이나 받는 적은 보수도 받을" 의향이 기꺼이 있다고 밝히는 부분에서는 그의 고충이 종이를 뚫고 나오는 듯하다. 그러나 결국에는 아무런 일도 일어나지 않았다. 보수가 얼마가 됐든지 간에 상관없이 러브크래프트의 구직 지원은 그 누구의 마음에도 들지 않았다. 그는 시장 경제에는 어울리지 않는 사람이었다. 그렇게 그는 자신이 가지고 있던 가구들을 팔기 시작한다.

이와 함께 주변 환경에 대한 러브크래프트의 태도도 망가지기 시작한다. 뉴욕을 진심으로 이해하고 싶다면 가난해야 할 필요가 있다. 그렇게 러브크래프트는 **무대의 뒷모습**을 발견해 나가게 된다. 소설 《그 남자》에서는 앞서 뉴욕을 묘사하는 부분으로 인용했던 문단들 뒤로 아래와 같은 문단들이 이어진다.

> 그러나 성공과 행복은 찾아오지 않았다. 사랑스러운 달빛이 아득한 저 옛날의 마법을 넌지시 비추던 바로 그 자리에서 눈부시도록 환한 햇살이 보여주는 것이라곤 가파른 경사로 펼쳐져 있는 석조물의 더러움과 생경함 그리고 해로운 상피병[6]뿐이었다. 도랑을 닮은 거리마다 와글와글 모여 있는 사람들은 표정 없는 얼굴과 찢어진 눈에 땅딸막하고 까무잡잡한 이방인들이었다. 주변에 펼쳐지는 풍경에는 환상도 품지 않고 연대감조차도 느끼지 못하는 약삭빠른 이들은 맑은 날의 푸른 오솔길과 뉴잉글랜드 마을의 하얀 첨탑들에 대한 애정을 마음속 어딘가에 간직하고 있던 푸른 눈의 늙은이에게는 전혀 중요하지 않았다.

여기서 우리는 이후 H. P. 러브크래프트의 작품에 영양분이

---

**6** 피부가 단단하고 두꺼워지는 병으로 환부가 코끼리 피부처럼 변한다고 하여 일명 '코끼리 피부병'이라고도 불린다.

될 인종차별주의의 첫 발자취를 살펴볼 수 있다. 그것은 처음에는 아주 평범한 모습으로 나타난다. 실직 상태인 데다가 가난으로부터 위협을 받고 있었던 러브크래프트로서는 사납고 냉혹한 도시의 환경을 감당해 내기가 점점 더 어려워졌다. 게다가 세계 각지에서 온 이민자들은 1920년대의 아메리카 대륙이라는 소용돌이치는 **용광로**[7] 속으로 쉽게 휩쓸려 들어가고 있는 반면에 본인은 순수 혈통의 앵글로색슨족의 후손임에도 불구하고 여전히 일자리를 찾고 있다는 사실을 확인함으로써 그는 일종의 쓸쓸한 기분을 느끼게 된다. 그러나 그게 다가 아니었다. 그보다도 더 심각한 일이 그를 기다리고 있었다.

1924년 12월 31일 그린은 신시내티[8]에서 새로운 일자리를 찾아 떠나게 된다. 그리고 러브크래프트는 그녀와 함께 떠나기를 거부한다. 그로서는 이름을 알 수 없는 어느 중서부 지방 도시에서의 유배 생활을 버텨낼 수 없었을 것이다. 어쨌든 간에 러브크래프트는 본인이 더 이상은 그렇게 살 수 있을 것이라고는 생각하지 않았고 이윽고 프로비던스에 돌아

---

**7** Melting Pot. 다양한 배경의 인종과 문화가 하나로 융합되어 동화되는 사회 현상으로 수많은 이민자들이 모여 단일한 문화를 만들어간 미국 사회를 설명하기 위해 주로 사용된 용어이다.

**8** 미국 오하이오주의 남서부 도시.

가는 방안을 깊게 고민하기 시작했다. 그러한 생각의 흔적은 《그 남자》에서도 찾아볼 수 있다. "기분전환을 하기 위해 시를 몇 편 써보기도 했지만, 혹시나 비참하게 기어 도망치는 패배자로 보일까 봐 나의 사람들이 있는 고향으로 돌아간다는 게 여전히 망설여졌다."

그러나 이후 러브크래프트는 뉴욕에 1년이 조금 넘는 기간 동안 더 머무르게 된다. 그린은 신시내티에서의 일자리를 잃게 됐으나 이내 곧 클리블랜드[9]에서 새로운 일을 또다시 찾게 되었다. 미국 사람들의 유동성이란…. 그녀는 남편이 생활에 필요한 돈을 가져다주기 위해 2주에 한 번씩 집으로 돌아왔다. 러브크래프트로서는 어쭙잖게도 계속해서 일자리를 찾아보기는 하지만 헛된 수고일 뿐이었다. 사실 그는 끔찍하리만큼 불편한 기분을 느꼈다. 프로비던스에 있는 이모들의 집으로 돌아가고 싶어도 그에게는 그럴 용기가 없었다. 처음으로 그의 인생에서 **신사**처럼 행동하는 것이 불가능한 상황이었다. 여기 러브크래프트가 이모 릴리언 클라크Lillian Clark에게 그린의 모습을 어떻게 묘사하고 있는지 살펴보자.

그녀만큼 욕심도 없고 다른 사람을 배려하는 마음이 가득한 사랑스러운 사람은 단 한 번도 본 적이 없어요. 그 어떤 경제적인 어려움도 피할 수 없다고 생각되는 순간에도 기꺼이 받아들이고

---

**9** 미국 오하이오주의 북동부에 위치한 상공업 도시.

용서하는 사람입니다. 〔인생에서 딱 하나 중요한 게 있다면(저의 신경 상태가 시시때때로 변해서 생기는 결과를 관찰한 결과 확신하게 되었습니다), 그것은 바로 창조적인 글을 쓰는 데 어느 정도의 고요와 자유가 필요하다고 했던 저의 발언까지도 묵인해 줄 수 있는 사람이지요….〕[10] 무능력함과 미적으로 제멋대로인 것의 결합도 단 한 번도 중얼거리며 되받아치는 일 없이 받아주는 헌신적인 태도는 처음부터 기대했던 모든 것에 들어맞기는 합니다. 다만 이는 굉장히 보기 드물고 역사를 거슬러 올라가야만 찾을 수 있는 성인의 숭고함에 가까운 모습인 것이 확실한 나머지 그 누구도 예술적인 균형에 대한 감각을 조금도 가지고 있지 않고서는 상호 간의 존중과 존경, 칭찬, 애정보다 더한 것으로는 응답할 수가 없을 것입니다.

불쌍한 러브크래프트와 가엾은 그린. 그렇게 피할 수 없었던 일이 결국 일어나게 되고 1926년 4월 러브크래프트는 뉴욕의 아파트를 포기하고 프로비던스에 사는 이모 중 가장 나이가 많은 릴리언 클라크의 집에 들어가서 살게 된다. 그리고 그로부터 3년 후 그린과 이혼하고 이후 다른 여자는 만나지 않고 지낸다. 1926년 그의 인생은 사실상 끝난 것이나 마찬가지였다. 그리고 바로 그때 그의 진정한 작품인 "그랑 텍스

---

**10** 우엘벡의 프랑스어 판본에서는 대괄호 안의 문장이 생략되어 있다. 영문판의 편지를 참고하여 옮겨 적는다.

트"시리즈가 시작된다.

러브크래프트의 인생에서 뉴욕은 아주 결정적인 역할을
했다. 이 현대판 바빌론에서 "악취가 나고 특별하게 정해진
형태라고 할 것도 없는 잡종"과 "횡설수설하고 저속한 말들
을 울부짖으며 자신들의 한계 안에서 꿈조차도 가지고 있지
않은 이상한 기형의 잡종 거인"을 향한 혐오는 1925년 내내
망상의 수준에 이르기까지 멈추지 않고 고조되어만 갔다. 심
지어 그의 작품에서 핵심적인 이미지 중 하나—악몽에서나
나올 법한 역겨운 생명체들이 우글거리는 거대하고 웅장한
지하 도시—는 본인이 뉴욕에서 겪었던 경험에서 곧바로 나
온 것이라고도 말할 수 있을 것이다.

# 인종 혐오

러브크래프트는 사실 오래전부터 인종차별주의자였다. 다만 젊었을 때는 그가 속해 있는 사회 계급, 즉 뉴잉글랜드 출신의 개신교도이자 청교도인 오래된 부르주아 계급에서 통용되던 인종차별을 넘어서는 수준은 아니었다. 이와 같은 맥락에서 러브크래프트는 태어났을 때부터 반동분자이기도 했다. 시를 쓰는 기술이 됐든 소녀들이 입는 드레스가 됐든 간에 그는 매사에 자유와 진보의 개념보다는 질서와 전통의 개념이 더욱 중요하다고 생각했다. 그렇다고 해서 그가 유난을 떨었다거나 괴짜 같았다는 이야기는 아니다. 그저 특별히 고리타분한 사람이었다는 것이다. 러브크래프트에게 앵글로색슨 혈통의 개신교도들이 사회 계급 질서에서 태생적으로 가장 좋은 지위에 예정되어 있다는 사실은 틀림없어 보였다. 반면 (어찌 됐든 간에 그로서는 그다지 잘 알고 있지도 않았으며 알아가고 싶은 마음도 전혀 없었던) 다른 인종들에게는 호의를 유지하면서도 막연한 경멸만을 느낄 뿐이었다. 각자 자기에게 주어진 자리를 지키면서 생각의 경솔한 변화 같은 것은 피한다면 모든 일이 잘 풀릴 터였다.

경멸이란 말 그대로 아주 생산적인 감정이 아니다. 오히려 부드러운 어조의 침묵을 유발할 뿐이다. 그러나 러브크래프트는 뉴욕에서 지내야만 했다. 그리고 그곳에서 경멸보다 아주 더 풍부한 감정으로서 혐오와 환멸, 공포를 배우게 된다. 이후 러브크래프트의 인종차별적인 **생각**이 다른 인종들을 향한 진정한 신경쇠약증으로 변형된 것도 뉴욕에서의 일이다. 가난했던 그는 "역겨운 불쾌함을 불러일으키며 마치 악몽에서나 나올 것 같아 소름이 끼치는" 그런 이민자들과 같은 동네에서 생활해야만 했다. 그들을 길에서도 마주쳤으며 시내 공원에 나가서도 가까이 보아야 했다. 지하철 안에서는 "기름진 피부에 히죽거리며 웃는 흑백 혼혈들"과 "흡사 거대한 침팬지를 닮은 흉측한 검둥이들"에 치여야 했다. 일자리를 구하러 간 곳에서도 그들과 함께 줄을 서고 기다려야 했다. 그렇게 그는 본인이 아무리 귀족적인 태도를 유지하고 "균형적인 보수주의"의 색을 입은 정제된 교육을 받았다고 해도 자기 자신에게 돌아오는 이득은 결국 아무것도 없다는 끔찍한 사실을 확인하게 된다. 그러한 가치들은 바빌론에서는 통용되지 않았다. "쥐처럼 생긴 유대인들"과 "괴물 같은 혼혈들이 여기저기를 깡충깡충 뛰어다니며 우스꽝스럽게 몸을 흔들어대는" 그곳은 계략과 폭력이 군림하는 곳이었다.

러브크래프트의 인종차별주의는 WASP[11] 계층에서 나타나는 것처럼 아주 고상한 것은 아니었다. 자기의 우리를 다른 종의 동물들과 나눠 써야만 하는 덫에 걸린 짐승이나 가질 법한 난폭하고도 위험한 증오의 감정이었다. 그러나 그는 위선적인 태도와 어린 시절 받았던 양질의 교육 덕분에 끝까지 버텨낼 수 있었다. 이모에게 보내는 편지에서 적었듯이, "경솔한 행동이나 말로 다른 사람들의 눈에 띄는 일은 그와 같은 계급의 사람들에게는 해당하는 이야기가 아니기 때문이다." 러브크래프트와 가깝게 지냈던 사람들의 말에 따르면, 그는 다른 인종을 마주칠 때면 이를 꽉 물거나 얼굴이 파랗게 질리곤 했으나 여전히 침착함은 잃지 않았다고 한다. 그들을 향한 분노의 감정은 오로지 편지 속에서만 자유롭게 드러나곤 했다. 적어도 소설에서 이야기하기 전까지는 말이다. 그리고 그것은 조금씩 병적인 공포감으로 변해갔다. 혐오감을 양분으로 먹고 자란 시각은 노골적인 편집증의 수준

---

**11** White Anglo-Saxon Protestant. 현대 미국 상류 사회의 주류를 이루는 백인 앵글로색슨 계통의 개신교도를 일컫는 용어. 엄격한 교육과 예의범절을 중요시하며 보수성이 강한 집단이다.

으로, 더 나아가서는 "그랑 텍스트"에서 언어 기능의 장애를 일으키며 시선을 심각하게 뒤트는 수준까지 고조되었다. 여기 러브크래프트가 벨냅 롱에게 자신이 로어이스트사이드[12]를 다녀온 이야기를 어떻게 전하고 있는지, 그리고 이민자들에 대해서 어떻게 묘사하고 있는지 살펴보자.

이 끔찍한 시궁창에서 사는—이탈리아에서 건너왔거나 셈족이거나 몽골족 출신의—유기물들은 아무리 상상력을 쥐어 짜내본다 해도 도저히 인간이라고는 부를 수가 없을 것이네. 이들은 피테칸트로푸스[13]와 아메바와 같이 흉측하고 모호한 형상을 띠며 대지가 퇴화하면서 생긴 냄새나고 끈적끈적한 진흙으로 대충 빚어진 것들이지. 침을 질질 흘리면서 지독히도 더러운 길 위를 기어 다니거나 창문과 문의 안팎을 나갔다 들어왔다 한다네. 그것들을 보고 있자면 들끓는 벌레들이나 아니면 저 깊은 바다에 사는 형언할 수 없는 개체들이 아닌 다른 모습은 떠오르지 않는다네. 그것들은—또는 그것들을 구성하는 요소로서 젤리 모양으로 퇴화하여 발효된 것들은—침을 질질 흘리며 마치 바닥에 스며들기라도 할 듯이 기어 다니는가 하면 이렇게나 무섭게 생긴 집들 사이사이에 갈라져 있는 틈으로 흘러 들어가곤 하지…. 키클로

---

12 Lower East Side. 뉴욕 맨해튼의 남동쪽 지역.
13 19세기 말 인도네시아 자바섬에서 화석으로 발견된 인류로 약 40만 년 전에 직립보행을 하며 살았을 것으로 추정된다. 완전한 이름은 '피테칸트로푸스 에렉투스'이고 일명 '자바 원인'이라고도 불린다.

페스 거인족처럼 거대하고 위협적으로 서 있는 탱크 같은 건물들이 줄지어 있는 도로를 생각하면 그 안에 괴저에 걸린 흉측한 것들이 구역질을 일으킬 정도로 가득 들어차 있으며 나병에 걸려 절반은 액체로 곪아 있는 대재앙 속으로 잠겨 터지기 직전인 세상의 모습이 떠오른다네.

사나운 전염병이 창궐하던 그 악몽으로부터 살아 있는 무언가의 모습이라곤 아무것도 기억할 수 없네. 제각각 기괴한 것들이 집단의 황폐 속에서 길을 잃고 있었지. 눈가에는 오로지 붕괴와 부패라는 병적인 거푸집을 이루는 환영의 드넓은 윤곽만을 남긴 채 말일세···. 누런 피부와 곁눈질하는 듯한 눈빛을 한 얼굴에서는 쓰고 시큼하고 끈적거리는 농액이 두 눈과 귀, 코와 입가에 흐르고 있었고, 손가락이든 발가락이든 몸의 모든 끝이라면 끝에는 괴물처럼 끔찍해서 눈으로 보고도 차마 믿을 수가 없는 궤양들이 비정상적으로 부글거리고 있었네···.

엄연히 대가 러브크래프트의 글이라고 할 만하다. 도대체 어떤 인종이길래 이렇게까지 그의 분노를 폭발시킬 수 있었던 걸까? 러브크래프트 본인조차도 이러한 질문에 대답을 잘하지 못하고 있다. 그저 어떤 글에선가 "이탈리아에서 건너왔거나 셈족이거나 몽골족 출신"이라고 쓴 적이 있을 뿐이다. 그들이 실제로 어떤 인종인지에 관한 문제는 점점 중요해지지 않고 있다. 어쨌든 간에 분명한 사실은 모든 인종을 싫어했던 러브크래프트에게는 서로 다른 인종들을 상세하게 관찰하여 구별해 내는 능력이 없었다는 것이다.

이렇게 환영을 보는 듯한 시선은 크툴루 시리즈에서 마치 악몽에서 나올 것 같아 소름이 끼치는 개체들을 묘사하는 데 직접적인 재료가 된다. 러브크래프트의 작품 속에서 한 편의 시처럼 매혹적인 최면의 상태를 만들어낸 것은 다른 인종들을 향한 혐오의 감정이었다. 저주받은 문장들의 광란한 리듬감이 요동치는 그러한 상태 속에서 러브크래프트는 보통 이상의 실력을 발휘하게 된다. 그의 말년의 대작들을 끔찍한 재앙에서나 일어날 법한 굉음과 함께 환하게 밝혀주었던 것 또한 그러한 인종 혐오의 감정이었다. 이러한 관계는 《레드 훅의 공포》에서 특히나 분명하게 드러나고 있다.

러브크래프트가 뉴욕에서 억지로 살아야 하는 기간이 길어지면 길어질수록 그가 느끼는 반감과 극도의 공포감은 우려가 될 정도로 커져만 갔다. 마침내 그는 벨넵 롱에게 쓰는 편지에서 "뉴욕에 사는 몽골족의 문제와 관련해서는 차분하게 이야기하는 게 불가능하다."라고 말하게 된다. 편지를 더 읽어보면, 다음과 같은 문장도 찾아볼 수 있다. "그 끝에는 전쟁이 **있기를** 바라네. 단, 콘스탄티노 교황이 강행한 시리아 미신의 인간을 구속하는 요소로부터 우리의 정신이 완전하게 풀려나기 전에는 일어나지 않았으면 해. 우리가 인간으로서 그리고 아리아족으로서 가지고 있는 물리적인 위력을 보여주세. 그리고 대규모의 강제 이주를 회피하거나 포기하는 일 없이 체계적으로 실현해 보세." 한편, 또 다른 편지에서 러브크래프트는 본인이 마치 불길한 전조를 알려주는 예언자라도 되는 듯이 청산가리 가스를 사용할 것을 권장하기도 했다.

한편, 프로비던스로 돌아갔다고 해서 나아지는 것은 아무것도 없었다. 그는 뉴욕에서 살기 이전에는 이렇게나 매력적인 작은 시골 도시의 길거리를 낯선 생명체들이 기어 다닐 수 있을 것이라고는 미처 생각하지 못했다. 말하자면, 그들을 길에서 마주치기는 했지만 그런 줄도 모르고 지낸 것이다. 그러나 러브크래프트의 시각은 고통스러운 예민함으로 점차 확장되어 나아갔다. 그렇게 그는 본인이 그렇게나 아꼈던 동네에서 그러한 "나병"의 흔적들을 처음으로 마주하게 된다. "특별하게 정해진 형태도 없는 유기체들이 서로 다른 출구에서 기어 나와 좁은 오솔길을 따라 거닐고 있었네…."

그러나 세상으로부터의 후퇴가 차츰 효과를 나타내기 시작한다. 다른 인종들을 시각적으로 접촉해야 하는 상황을 완전히 제거함으로써 러브크래프트는 천천히 안정을 되찾는 데 성공한다. 그렇게 히틀러를 향한 찬양도 한풀 꺾이게 된다. 이전에 그는 히틀러에게서 "유럽 문화의 재생에 필요한 원초적인 힘"이 있다고 생각했다. 그러나 이제는 그를 "그저 그런 광대"로 간주하는가 하면 "이루고자 했던 목표가 근본적으로는 건전한 것이었으나 실제적인 정책이 무분별하게 극단적인 성향을 띰으로써 결국 처음에 염두에 두었던 원칙과는 완전히 반대되는 재앙의 결과를 낳는 위험을 초래했다는"사실을 인정하게 된 것이다.

그와 함께 대학살에 대한 요구도 점점 더 잠잠해졌다. 러브크래프트는 어떤 한 편지에서 "그들은 보이지 않도록 숨기거나 아니면 죽이는 수밖에 없다."라고 말한 적이 있다. 그는 시간이 지나면서 점점 전자의 방안이 더 낫다고 생각하게 된다. 이러한 결론은 특히 미국 남부에 사는 소설가 로버트 발로의 집을 다녀온 뒤 더욱 짙어졌다. 그곳에서 그는 유색인종을 철저하게 분리하는 정책을 유지함으로써 흑인의 인구 밀집도가 높은 지역의 한가운데에서도 교양 있는 백인 미국인이 편하게 지내는 모습을 발견하고 경탄하게 된다. 물론, 러브크래프트는 이모에게 쓰는 편지에서는 이렇게 적고 있다. "남부 지역의 휴양지에서는 해변에 깜둥이들이 들어가지 못하도록 하고 있습니다. 예민한 사람들이 침팬지 떼바로 옆에서 헤엄을 치며 논다는 게 상상이 되세요?"

지금까지 러브크래프트의 작품에서 인종 혐오가 얼마나 중요한 부분을 차지하는지는 대개 과소평가되어 왔다. 오로지 프랑시스 라카생만이 《H. P. 러브크래프트: 편지 I》[14]의 서

---

**14** 원문에는 《편지》라고 되어 있지만, 책의 마지막에 실려 있는 참고문헌을 참

문에서 이와 관련된 문제를 솔직하게 풀어내는 용기 있는 모습을 보였다. 라카생은 특히 이렇게 적고 있다. "크툴루의 신화는 가학적인 희열에서 침착한 힘을 얻는다. 러브크래프트는 다른 별에서 온 존재들에게 박해받는 현장 속으로 인간들을 내던짐으로써 그러한 희열을 느낀다. 인간들이 본인에게 모욕감을 안겨준 뉴욕 하층민과 닮았다는 이유로 죗값을 치르도록 한 것이다." 이러한 지적은 설령 틀린 말일지언정 개인적으로는 굉장히 심오한 고찰로 보인다. 논의의 여지가 없이 분명한 사실은 흔히 권투 선수에 관하여 이야기할 때 쓰는 표현을 빌려 말하자면 러브크래프트가 "분노에 가득 차" 있었다는 것이다. 한편, 그의 소설 속에서 희생자가 되는 등장인물의 역할은 대체로 교양 있고 신중하며 훌륭한 교육을 받은 앵글로색슨 혈통의 대학교수가 담당하고 있다는 것을 분명하게 밝힐 필요가 있다. 실제로 러브크래프트 본인 같은 유형의 사람 말이다. 고문을 하는 역할이나 입에 담을 수도 없을 만큼 저질스러운 의식을 거행하는 역할의 경우에는 거의 항상 "가장 낮은 계층에 속하는" 잡종의 흑백 혼혈들이었다. 러브크래프트의 세계에서 잔인함이란 지적으로 세련된 것이라기보다는 가장 어두운 우매함과 완벽하게 결합하는 일종의 야만적인 충동 같은 것이었다. 그러니 예의 바르고 교양이 넘치며 태도까지도 굉장히 섬세한 사람들의

---

조하여 정확한 제목으로 바꾸어 적는다. (199쪽 참고)

경우에는… 완벽한 피해자의 프로필이 되는 것이다.

러브크래프트의 작품에 활기를 불어넣어 주는 열정은 대부분 사디즘보다 훨씬 더 강력한 힘을 지닌 마조히즘에서 기인한다. 그리고 이는 그의 이야기의 위험천만한 깊이를 강조해주기만 할 뿐이다. 앙토넹 아르토[15]가 지적한 바 있듯이, 타인을 향한 잔인함은 예술적으로 형편없는 결과만을 낳을 뿐이며 반면에 자기 자신을 향한 잔인함은 다른 방식으로 흥미로울 수 있다.

사실 H. P. 러브크래프트는 "북유럽의 새하얗고 야만스러운 거인들"과 "켈트족을 살육하는 광기 어린 바이킹족" 등을 때때로 동경하곤 했다. 그러나 그것은 그저 씁쓸한 열망에 지나지 않았다. 러브크래프트는 본인이 그러한 인물들과는 굉장히 거리가 멀다고 느꼈고, 로버트 E. 하워드와는 대조적으로 그들을 자신의 작품에 등장시킬 생각을 단 한 번도 하지 못했다. "먹을 것을 찾아 어슬렁거리는 새하얗고 거대한 짐승들"을 향한 본인의 찬사를 귀엽게 비꼬는 젊은 벨냅롱에게 러브크래프트는 다음과 같이 굉장히 솔직하게 받아치기도 했다. "강자를 숭배하는 쪽이 약자라고 했던 자네의

---

**15** Antonin Artaud. 20세기 초 프랑스의 시인이자 연출가이자 배우. 1927년 로제 비트라크Roger Vitrac와 함께 '알프레드 자리Alfred Jarry' 극장을 창립함으로써 전통적인 방식의 문학적인 연극에서 탈피하여 새로운 형태의 초현실주의 연극을 구현하고자 했다.

말은 정말 맞는 말이야. 내가 정확히 그런 경우지."그는 전쟁이나 약탈에서 영웅적인 전사들이 숨을 거두고 머물러 있는 신비의 장소에서 본인이 차지할 수 있는 자리는 그 어디에도 없다는 사실을 아주 잘 알고 있었다. 늘 그렇듯 승자의 위치는 말할 것도 없었다. 러브크래프트는 본인의 실패에 대하여, 태생적으로나 근본적으로 본인이 실패하는 성향일 수밖에 없는 것에 대하여 뼛속까지도 잘 이해하고 있었다. 하물며 러브크래프트 본인의 문학 세계 안에서조차도 그에게 주어지는 자리라곤 딱 하나뿐이었는데, 그것 또한 바로 피해자의 역할이었다.

# 우리의 영혼을 살아 있는 제물로 바치는 법을 러브크래프트를 통해 어떻게 배울 수 있는가?

러브크래프트의 작품 속 주인공들은 인생이라는 허물을 벗고 바깥으로 나와 인간이 누릴 수 있는 온갖 형태의 재미는 포기하고 순수한 지성인으로, 지식의 탐구라는 단 하나의 목표를 향해 나아가는 순수한 영혼으로 변모한다. 그리고 그 여정의 끝에는 무시무시한 사실이 그들을 기다리고 있다. 루이지애나주의 늪지에서부터 남극 대륙 사막의 꽁꽁 얼어붙은 평원에 이르기까지, 또는 버몬트주의 깜깜한 시골 골짜기에서든 뉴욕 도심 한가운데서든 존재하는 모든 것들이 **악의 보편적인 현존**을 보여주고 있다는 사실 말이다.

지구상에 존재하는 수많은 주인 가운데 인간의 역사가 가장 오

래됐다거나 인간만이 가장 마지막까지 살아남을 것이라는 생각
이나 생명과 실체로 이루어진 평범한 덩어리만이 유일하게 걸어
다닌다는 생각은 잘못된 것이다. 올드 원은 예전부터 존재하고
있었으며, 지금도 여전히 그 자리에 있고, 앞으로도 같은 자리를
지키고 있을 것이다. 우리가 알고 있는 공간에서가 아니라 그 사
이 어딘가에서 그들은 우리의 눈에는 띄지 않은 채 고요한 태고
속에서 차원을 초월하며 걸어 다니고 있다.

악에는 여러 가지 얼굴이 있다. 교활하고 타락한 사람들은
본능적으로 악을 숭배하며 악의 영광을 위하여 섬뜩한 찬가
를 만들어내기도 한다.

요그 소토스Yog-Sothoth가 바로 그 관문이다. 요그 소토스는 그 문
을 열어주는 열쇠이자 문지기다. 과거와 현재, 미래 그리고 모든
것이 요그 소토스 안에서는 하나가 된다. 그는 올드 원이 오래전
에 어디를 뚫고 나왔으며 앞으로는 어디를 향해 나아갈지 알고
있다. (…) 바람은 그들의 목소리로 재잘거리고 대지는 그들의
의식으로 중얼거린다. 그들은 숲을 구부러트리고 도시를 으스러
뜨리지만, 그 어떤 숲이나 도시도 자신들을 파멸시키는 그 손을
보지 못한다. 차가운 불모지 카다스Kadath는 그들을 알고 있다는
데, 그렇다면 그 카다스는 누가 아는가? (…) 그들을 그저 불결
한 존재들로 알고 있을 뿐이다. 그들의 손에 먹살 잡히는 순간에

도 그들을 볼 수 없으며, 아무리 신중하게 문을 지키고 서 있다고 해도 그들이 들어와 사는 것을 막아낼 수 없다. 요그 소토스는 모든 천체가 만나는 바로 그 문을 열어주는 열쇠이다. 인간이 지금 통치하는 곳은 과거 그들이 통치했던 곳이며, 앞으로 그들이 통치하게 될 곳은 지금 인간이 통치하는 곳이다. 여름이 가면 겨울이 오고, 겨울이 가면 다시 여름이 오는 법이다. 그들은 언젠가 이곳을 다시 군림하게 될 날을 진득하고 강경하게 기다리고 있다.

이렇게나 참으로 아름다운 주문은 여러 가지 사실을 환기한다. 먼저, 러브크래프트가 시인이기도 했다는 사실이다. 그는 **시를 통해 창작 활동을 시작한** 작가 중 한 명이었다. 러브크래프트의 가장 큰 강점은 문장들이 조화로운 균형을 이루고 있다는 것이다. 그 밖의 다른 장점들은 고된 작업과 함께 그후에나 모습을 드러낸다.

두 번째 사실은 악의 절대 권력에게 바치는 것인 이 시구가 불쾌하면서도 익숙한 음률을 만들어낸다는 것이다. 러브크래프트의 신화는 전반적으로 굉장히 독창적이다. 그러나 때때로 기독교와 관련된 주제들을 무참하게도 전도해 버리는 모습을 보인다. 이는 남자라는 존재를 전혀 알지 못하며 글자를 읽고 쓸 줄도 모르는 어떤 한 시골 여인이 초인적인 능력을 지닌 괴물 같은 생명체 하나를 낳게 된다는 내용의

《던위치 호러》에서 특히 자세하게 살펴볼 수 있다. 이렇게 전도가 되어버린 강생降生은 그리스도의 수난을 역겨운 방식으로 패러디하며 끝을 맺는다. 바로 그때 던위치를 지배하는 산꼭대기에 제물로 바쳐진 생명체는 절망적으로 울부짖는다. "아버지! 아버지! 요그 소토스!" 이는 충실한 메아리가 되어 돌아온다. "나의 하느님, 나의 하느님, 어찌하여 나를 버리셨나이까!"[16] 바로 여기서 러브크래프트는 아주 오래된 공포의 기원을 되찾는다. 그것은 바로 자연의 섭리에 반하는 육체적인 결합으로 태어난 악이라는 것이다. 이러한 생각은 그가 강박관념처럼 가지고 있었던 인종차별주의와도 완벽하게 맞아떨어진다. 세상의 모든 인종차별주의자와 마찬가지로 러브크래프트에게 본인과 다른 인종보다 더 무서운 절대적인 공포가 있다면 그것은 바로 혼혈이었다. 그는 본인이 익히 알고 있었던 경전의 텍스트와 유전학 분야의 지식을 동원하여 전대미문의 비천한 힘을 지닌 합성물을 구현해 낸다. 러브크래프트는 인류를 사랑으로 갱생시키기 위해 찾아온 새로운 아담인 그리스도를 야만과 악덕으로 인간들을 감화시키려는 "깜둥이"와 비교한다. 거대한 크툴루가 깨어나는 날이 얼마 남지 않았기 때문이다. 그가 도래하는 때는 단번에 쉽게 알아볼 수 있을 것이다. "그때가 되면 인류는 그레이트 올드 원의 모습을 닮게 될 것이다. 자유롭고 거칠며 선

---

16 원문에는 히브리어 문장 "Eloi, Eloi, Lama Sabachthani!"로 적혀 있다.

과 악을 초월하여 도덕 윤리라면 모두 거부해 버리고 방탕한 쾌락 속에서 크게 울부짖으며 서로를 살상하는 모습 말이다. 해방된 그레이트 올드 원들은 비명을 지르고 살인을 저지르며 게걸스럽게 먹어 치우는 새로운 방법을 인간들에게 가르칠 것이다. 그렇게 온 대지는 광란한 무아지경의 홀로코스트로 활활 타오를 것이다. 그때를 기다리며 숭배 의식은 적절한 예식을 통해 태고의 풍속이 기억되도록 할 것이며 그것이 언젠가는 다시 돌아올 것이라고 예고할 것이다."이는 성 바오로 사도를 다른 말로 바꾸어 끔찍하게 표현한 것에 지나지 않는다.

여기서 우리는 러브크래프트의 인종차별주의의 가장 깊은 곳에 근접하게 된다. 그는 자기 자신을 피해자라고 규정하는 동시에 본인을 괴롭히는 것들을 직접 선택해 보였다. 그리고 다음과 같은 내용에 대하여 아무런 의문도 품지 않았다. "예민한 인간들"은 "기름이 자글자글한 침팬지들"에게 패배할 것이며, 고문을 당해 만신창이가 되어 게걸스럽게 잡아먹힐 것이고, 황홀한 북소리가 끊임없이 울려 퍼지는 가운데 저속한 의식 속에서 온몸이 토막날 것이라는 예상 말이다. 문명의 그럴듯한 외관에는 이미 균열이 생기고 있으며, 악의 힘이 언젠가 이곳을 다시 군림하게 될 날을 "아주 진득하고 아주 강경하게" 기다리고 있다는 사실도 그는 개의치 않았다.

문명의 쇠퇴에 대하여 사색하는 일은 그저 지적인 합리화를 한 층 더 겹쳐 올리는 것에 불과하며 그보다 더 깊은 곳에는 바로 공포가 자리하고 있다. 공포의 감정은 멀리서부터 오는 것이다. 그리고 그러한 공포에서 환멸이 생겨나며, 환멸은 그 자체로 분노와 혐오를 만들어낸다.

빳빳하고 조금은 칙칙한 의상을 차려입고 자기 자신의 감정과 욕구 표현을 억제하는 일에는 익숙해져 있는 뉴잉글랜드의 청교도 개신교도들은 때때로 본인들이 동물에서 기인한다는 사실을 잊어버렸을지도 모른다. 그래서 러브크래프트는 비록 절제한 모습이기는 하지만 이들을 작품 속에 기꺼이 등장시키곤 했다. 그들의 무가치한 측면은 그를 안심시켰다. 그러나 러브크래프트는 "깜둥이"라는 존재 앞에서만큼은 참을 수 없는 신경질적인 반응에 사로잡히곤 했다. 그들에게서 보이는 생명력과 겉으로 봤을 때 콤플렉스나 금기사항 같은 것이라고는 가지고 있지 않은 모습이 러브크래프트에게는 굉장히 두렵고 역겹게 느껴졌다. 그들은 길에서 춤을 추고 신나는 음악을 듣는다…. 큰 소리로 말하며 사람들 앞에서 웃기도 한다. 그들은 사는 게 재미있어 보인다. 그래서 염려스럽다. 삶이란 악한 것인데 말이다.

# 세상에 맞서,
# 삶에 맞서

러브크래프트가 오늘날 태어났더라면 그 어떤 때보다도 더 사회에 적응하지 못한 은둔자로 살아갔을 것이다. 1890년에 태어난 그는 젊은 시절부터 이미 동시대의 사람들 눈에 고지식한 반동분자로 비쳤다. 그러니 그가 오늘날의 사회에 대하여 어떻게 생각할지는 쉽게 짐작해 볼 수 있다. 러브크래프트의 죽음 이후, 우리 사회는 그가 더욱 싫어하는 방향으로 끊임없이 발전해 나가고 있다. 그가 온몸으로 애착을 느꼈던 삶의 방식은 기계화와 현대화로 인해 어쩔 수 없이 파괴당하고 있다. (한편, 러브크래프트는 과연 인간으로서 세상에 일어나는 사건을 통제하는 것이 가능한가에 관해서는 조금의 언급도 하지 않았다. 그저 어떤 한 편지에서 이렇게 적었다. "현대 사회의 모든 존재는 한낱 대량의 전기 에너지와 증기를 활용하는 방안의 발견으로 생겨난 절대적이고도 직접적인 결과에 지나지 않네.") 러브크래프트가 혐오했던 자유와 민주주의의 이상은 온 지구상에 널리 퍼지고 말았다. 진보의 개념은 "우리가 싫어하는 것은 그저 그 자체로서의 **변화**일 뿐"이라고 말했던 누군가의 머리털을 곤두세울 수 있을 만큼 그 누구도 반박할 수 없는 하나의 무의식적인 신조가 되어 있다. 자유 자본주의는 정신의 영역으로까지 발을 넓혀갔다. 그러한 결과로 돈이면 다 된다는 식의 사고와 매체를 활용한 광고, 비웃음을 살 정도로 무분별하게 이루어지는 경제적 효율성에 대한 숭배, 물질적인 부를 향한 편협하고도 무절제한 욕심이 생겨났다. 엎친 데 덮친 격으로 이러한 자유주의 사상은 경제의 영역에서 성性의 영역으로까지 확장되었다. 인간의 감정을 중요하게 다루는 소설들은 모두 풍비박산을 겪었다. 순수와 순결, 변함없는 사랑, 정숙의 가치는 우스꽝스럽게 여겨지며 낙인이 찍혔다. 오늘날 한 사람의 진가는 경제적인 효율성과 성적인 잠재력을 기준으로 매겨진다. 아주 정확히 말하자면 러브크래프트가 가장 기피했던 두 가지 요소로 결정된다는 말이다.

판타지 소설 작가들은 대체로 반동분자인 경우가 많다. 그도 그럴 것이 그들은 악의 존재를 특별하게, 아니 어쩌면 **직업적으로** 의식하고 있기 때문이다. 그러나 아주 놀랍게도 러브크래프트를 스승처럼 따랐던 수많은 소설가 가운데 그 누구도 다음과 같은 간단명료한 사실에 충격을 받지 않았다. 러브크래프트의 작품에서 느껴지는 극도의 공포감이 현대 사회의 발전으로 인해 훨씬 더 강력한 현실감과 **생명력**을 갖게 되었다는 사실 말이다.

참고로 러브크래프트가 편지를 주고받았던 사람 중 가장 어린 축에 속했던 로버트 블록의 경우는 예외적이었다. (그는 열다섯 살에 처음으로 러브크래프트에게 편지를 보냈다.) 로버트 블록의 가장 훌륭한 소설들은 현대 사회와 젊음, 해방된 여성, 록 음악 등을 향한 혐오감을 무심코 토로해 낸 결과로 쓰인 것이다. 그에게 재즈란 일종의 퇴폐적인 외설이나 마찬가지였다. 록 음악으로 말할 것 같으면, 진보를 외치는 지성인들의 위선적인 비도덕성으로 인해 원숭이와 가장 비슷한 야생성으로의 회귀가 장려되는 분야로 해석되곤 했다. 예를 들어 《스윗 식스틴》[17]에서는 처음에는 그저 굉장히 폭력적인 성향의 불량배 집단으로 묘사되던 헬스 엔젤스[18] 밴드가 끝내는 어느 인류학자의 딸을 희생양으로 바치는 제사의식을 거행하는 모습을 볼 수 있다. 록 음악과 맥주 그리고 잔인함이라니. 나무랄 데 하나 없이 성공적인 데다가 완벽하게 일

---

**17** *Sweet Sixteen*, 1958년에 출간된 로버트 블록의 단편소설.
**18** Hell's Angels. 직역하면 '지옥의 천사들'이라는 뜻이다.

관적이고 합리적인 이야기가 아닌가. 그러나 이렇게 현대 사회의 무대에 악마를 떠오르게 하는 등장인물들을 집어넣는 시도는 여전히 예외적인 경우로 남아 있다. 그런 데다가 로버트 블록은 사실적인 문체를 사용하고 등장인물들의 사회적 배경에도 신경을 씀으로써 H. P. 러브크래프트의 영향권 밖으로 아주 분명하게 빠져나오게 되었다. 러브크래프트로부터 이보다 훨씬 더 직접적인 영향을 받았던 작가 중에는 반동분자였던 스승이 다른 인종들에게 느꼈던 공포감을 자기만의 방식으로 받아들인 사람은 단 한 명도 없었다.

실제로 그러한 길을 걷는 것은 위험한 일이었으며 그 길에서 벗어날 수 있는 출구도 오로지 하나뿐이었다. 단순히 검열이나 소송의 문제가 아니었다. 판타지 소설 작가라면 십중팔구가 온갖 형태의 자유를 향한 적대감이 결국은 삶을 향한 적대감을 낳게 된다고 생각할 것이다. 러브크래프트도 이와 같은 생각이었으나 본인이 가던 길을 중간에 멈추지 않은 것뿐이다. 한 마디로 그는 극단주의자였다. 세상은 악한 것이며 내재적으로도 그리고 본질부터도 악하다는 결론을 내리는 데 있어서 러브크래프트는 한 치의 망설임도 없었다. 이는 청교도들을 향한 러브크래프트의 동경심에서 끌어낼 수 있는 가장 심오한 의미이기도 했다. 러브크래프트가 그들을 보고 경탄을 금치 못한 것은 그들이 "삶은 살아갈 가치가 있다는 생각을 시시하게 여기는 동시에 삶을 증오하는" 모습이었다. 죽음으로부터 유년기 시절을 떼어내는 눈물의 협곡을 언젠가는 지나야 하겠지만 순수함만은 지켜내야 하는 일이다. H. P. 러브크래프트는 청교도들이 희망하는 바에 대해서는 그 무엇도 공감하지 않았다. 다만 그들과 같은 것을 거부할 뿐이었다. 이러한 관점은 러브크래프트가 벨넵 롱에게 (본인이 결혼하기 며칠 전에 써서) 보낸 편지에 자세하게 드러나 있다.

청교도에서 금기시하는 것들에 대해서는 하루하루가 지날수록 조금씩 더 마음에 와닿는다네. 그건 삶을 하나의 예술 작품으로 만들고자 하는―동물만이 존재하는 돼지우리 속에서 미美의 양식을 만들어내려는―시도들이지. 우리의 영혼을 가장 심오하고도 가장 감성적인 요소로 만들어버리는 삶에 대한 증오도 바로 거기에서 나오는 것이라네. 청교도적인 가치에 반대하여 격렬하게 성을 내는 천박한 멍청이들이 하는 말을 듣고 있자니 너무나도 피곤한 나머지 내가 직접 청교도가 되어버릴 생각이야. 똑똑한 청교도일지라도 반反청교도를 외치는 사람만큼이나 얼간이일 걸세. 다만 삶을 살아가는 방식에 있어서 그나마 존경할 수 있는 사람들이 있다면 청교도만이 유일하다고 생각하네. 절제와 순결을 지키며 살지 않는 사람에 대해서는 그 어떤 방식으로든 존경하고 싶은 마음도, 배려하고 싶은 기분도 느껴지지 않아.

러브크래프트는 삶이 끝나갈 무렵 존재의 외로움과 실패감 앞에서 때때로 가슴을 에는 듯한 후회를 느끼게 된다. 그러나 감히 이렇게 말해도 되는지는 모르겠지만 그러한 후회는 **이론적인** 차원에 머무른다. 그는 본인의 인생에서 (유년기의 마지막 시절이나 결혼 생활이라는 짧고 결정적이었던 중간 휴식기 등과 같은) 여러 시기를 또렷하게 떠올리면서 자신의 삶도 사람들이 흔히 행복이라고 부르는 길로 접어들 수도 있었다고 생각하기에 이른다. 그러면서도 어쩌면 본인으로서는 다른 방식으로는 행동할 수가 없었을 것이라는 사실도 알고 있었다. 그리고 결국에는 쇼펜하우어가 그랬듯이 본인이 "그럭저럭 잘 살았던 편이라고" 생각하게 된다.

러브크래프트는 죽음을 씩씩하게 받아들였다. 그는 몸통 전체로 전이된 대장암에 걸려 1937년 3월 10일 제인 브라운 메모리얼Jane Brown Memorial 병원으로 이송된다. 그곳에서도 그는 신체적으로 매우 극심한 (다행스럽게도 모르핀으로 잠재울 수는 있었던) 고통을 겪는 와중에도 예의 바르고 친절하며 참을성 있고 인사성이 밝은 모습으로 환자의 본보기를 보임으로써 간호사들에게 깊은 인상을 남긴다. 그리고 비록 은밀한 만족감까지는 아닐지라도 체념하는 마음으로 임종의 순간을 맞이한다. 육체라는 거죽을 벗은 생명은 러브크래프트에게 오래된 적과 같았다. 그것을 모욕하며 맞서 싸웠으니 그로서는 후회하는 말 같은 것은 한 마디도 남길 것이 없을 터였다.

그렇게 그는 별다른 사건 없이 1937년 3월 15일 세상을 떠난다.

러브크래프트의 전기를 쓴 작가들이 말하고 있는 것처럼 "그가 죽자 그의 작품이 태어났다." 실제로 그가 죽고 나서야 우리는 러브크래프트를 그가 누려야 하는 진정한 위치에, 즉 에드거 포와 동등하거나 그보다도 훨씬 높은 자리에 앉히기 시작했다. 어떤 경우에도 절대로 둘도 없을 그런 자리 말이다. 때때로 러브크래프트는 자신의 문학작품이 반복적으로 실패를 겪는 모습을 보고 거기에 인생을 바쳐 희생하는 게 이래저래 무의미하다고 생각했다. 그러나 오늘날 우리는 그가 느꼈던 그러한 기분을 다른 방식으로 평가해 볼 수 있다. 우리에게 러브크래프트란 인간이 경험할 수 있는 한계를 훌쩍 뛰어넘어 심지어는 끔찍하리만큼 구체적이고 충격적인 감정을 통해 우리를 또 하나의 **다른** 세계로 이끌어주는 선구자 같은 존재라고 말이다.

삶을 사는 것에는 성공하지 못했지만 결국 글을 쓰는 일은 성공적으로 마쳤던 사람이 여기 있다. 고통스러운 인생이었다. 수년이 걸렸다. 뉴욕이 도왔다. 그렇게나 예의 바르고 친절했던 그가 그곳에서 혐오라는 것을 배웠다. 프로비던스로 돌아온 그는 마술 주문처럼 마음을 설레게 하고 해부도의 정확성을 지닌 아름다운 소설들을 창작하게 된다. "그랑 텍스트"들의 서사 구조는 굉장히 다채롭다. 서술하는 방식은 깔끔하면서도 새롭고 과감한 데가 있다. 그러나 만약 이야기의 중간에 이르러서도 마치 안에서 무언가를 삼켜버릴 듯한 힘에 짓눌리는 기분이 느껴지지 않는다면 아마도 이러한 요소들은 만족스러운 결과를 내지 못할 것이다.

사랑이든 증오든 간에 엄청난 열정을 동반하는 감정이라면 결국에는 진솔한 작품을 탄생시키기 마련이다. 누군가는 유감스럽게 생각할 수도 있으나 그 가치를 알아볼 필요가 있다. 러브크래프트의 경우에는 증오에 가깝다. 혐오와 공포의 감정 말이다. 지적으로는 아무런 관심도 없었던 우주가 미학적으로는 적으로 느껴졌다. 그렇게 그저 평범한 실망감의 연속에 지나지 않을 수도 있었을 러브크래프트 본인의 존재는 한 차례의 외과 수술이자 반전된 축하 행사가 되었다.

그가 원숙한 나이에 쓴 작품은 젊은 시절에 겪었던 신체적인 신경쇠약의 상태를 좋게 미화하는 동시에 여전히 그에 충실한 상태로 남아 있다. 이것이 바로 러브크래프트의 천재성이 가지고 있는 심오한 비결이자 그의 시적 감수성의 순수한 원천이다. 다시 말해 그는 삶에 대한 환멸을 **효과적인** 적대감으로 성공적으로 바꾸어낸 것이다.

삶에 가능한 한 모든 형태의 대안을 마련해 준다는 것은 삶과의 영원한 대립이자 삶에의 영구적인 의존을 의미한다.

이것이야말로 이 땅 위에서 시인이 가질 수 있는 가장 고결한 임무가 아닐까. 바로 그 임무를 하워드 필립스 러브크래프트는 완수한 것이다.

# 참고문헌

* 선호도 순으로 나열함

## I. 러브크래프트의 작품

1. 《시간의 그림자(Dans l'abîme du temps)》와 《우주에서 온 색채(La couleur tombée du cie)》(드노엘Denoël 출판사의 《미래의 현존》 시리즈나 제 뤼J'ai Lu 출판사의 판본). "그랑 텍스트" 작품들.[1]

2. 《데이곤(Dagon)》(제 뤼 출판사나 벨퐁Belfond 출판사의 판본) 그랑 텍스트 작품들만큼이나 훌륭한 단편들도 있지만, 솔직히 말해서 형편없는 작품들도 몇 편 있음. 작품의 배경과 시대 상황

---

**1** 이 책에서 우엘벡이 "그랑 텍스트"라고 부르며 인용한 총 8권의 작품은 《미래의 현존》 시리즈 4권과 5권에 실린 작품들이다(64~65쪽 참고). 4권 《시간의 그림자》에는 〈시간의 그림자〉, 〈위치 하우스에서의 꿈〉, 〈크툴루의 부름〉, 〈광기의 산맥〉이, 5권 《우주에서 온 색채》에는 〈우주에서 온 색채〉, 〈던위치 호러〉, 〈어둠 속에서 속삭이는 자〉, 〈인스머스의 그림자〉가 들어 있다.

이 굉장히 다양함. 폭넓은 범위의 작품들을 다루고 있어 어색한 부분이 있으나 결과적으로 아주 성공적으로 만들어진 선집.

3. 《유고스의 균과 다른 판타지 시 작품들(Fungi de Yuggoth et autres poèmes fantastiques)》(네오NEO 출판사, 절판)[2]
러브크래프트의 시詩 작품들은 놀라울 만큼 아름다우나 번역으로 음악성이 소실됨. 다행히도 영어와 프랑스어 두 가지 버전이 모두 들어 있음.

4. 《잠의 장벽 너머(Par-delà le mur du sommeil)》와 《아웃사이더(Je suisd'ailleurs)》(드노엘 출판사의 《미래의 현존》 시리즈 또는 제 뤼 출판사의 판본)
훌륭한 단편들만을 모아 엮은 작품.


## II. 하워드 필립스 러브크래프트와 관련된 작품

1. 《네크로노미콘》(공저, 제 뤼 출판사 또는 벨퐁 출판사)[3]

---

**2**　1971년 발란틴Ballantine 출판사에서 출간한 《유고스의 균과 다른 시 작품들Fungi from Yuggoth & Other Poems》를 1987년 프랑수아 트뤼쇼François Truchaud의 번역을 통해 출간한 프랑스어 판본. 러브크래프트가 남긴 대표적인 시 작품 〈유고스의 균〉과 그밖의 다른 시들을 모아 엮은 것이다.

**3**　1978년 영국에서 출간된 《네크로노미콘: 죽은 자들의 책Necronomicon: The Book of Dead Names》의 프랑스어 번역본. 러브크래프트 전문가들이

골칫거리가 되는 것이 목표인 이 작은 책은 마침내 그 목적을 달성해 냄. H. P. 러브크래프트는 **정말** 이 책을 창조해낸 사람 중 한 명일까? 굉장히 독자적인 작품.

2. 《H. P. 러브크래프트: 편지 1 (H. P. Lovecraft: Lettres 1)》, (크리스티앙 부르주아Christian Bourgeois 출판사)
러브크래프트가 인생의 전반기에(1926년까지) 주고받았던 편지들을 모아 엮은 것. 재미와 감동이 있음. 프랑시스 라카생의 아름다운 서문이 삽입되어 있음.

3. 스프라그 드 캠프의 《러브크래프트 전기(Lovecraft: a Biography)》의 프랑스어 번역본 《H. P. 러브크래프트: 삶의 소설 (H. P. Lovecraft: Le roman d'une vie)》 (네오 출판사, 절판)[4]
글쓴이에게 러브크래프트에 대한 진정한 애정은 느껴지지 않으나 작업의 결과는 훌륭함. 미국식 전기의 모든 장점을 갖추고 있음.

러브크래프트의 작품들과 크툴루 신화를 계승하여 쓰인 작품들을 포함한 아주 완전한 형태의 선집으로는 로베르 라퐁 출판사에서 총 3권으로 출간한 《부캥Bouquins》시리즈를 참고할 수 있음.

---

크툴루 신화에 등장하는 가상의 책 《네크로노미콘》에 대해 연구하고 작성한 글들을 모아놓은 책이다. 조지 헤이George Hay가 편집을 맡고 콜린 윌슨이 서문을 썼다.

**4** 해당 전기는 이후 리처드 D. 놀란Richard D. Nolane에 의해 다시 번역되어 2002년 뒤랑트Durante 출판사를 통해 *H. P. Lovecraft: Le roman de sa vie*라는 새로운 제목으로 재출간되었다.

## III. 한국에서 출판된 러브크래프트의 작품

(절판된 지 오래되어 역자를 확인할 수 없는 판본은 제외함.)

1. 《사라지는 거리》(김상준 옮김, 동림, 2001, 절판)

2. 《광기의 산맥》(변용란 옮김, 씽크북, 2001, 절판)

3. 《찰스 덱스터워드의 비밀》(변용란 옮김, 영언문화사, 2003, 절판)

4. 《공포의 보수》(정광섭 옮김, 동서문화사, 2003)

5. 《러브크래프트 코드》전5권(정광섭 옮김, 동서문화사, 2005)
   동서문화사에서 낸 국내 최초의 러브크래프트 전집이다.
   · 제1권 《공포의 보수》
   · 제2권 《에리히 짠의 음악》
   · 제3권 《문 앞의 방문객》
   · 제4권 《광기의 산맥에서》
   · 제5권 《레드훅의 공포》

6. 《러브크래프트 전집》전7권(정진영 옮김, 민음사, 2009-2015)
   · 《러브크래프트 전집 1》
     크툴루 신화를 위주로 모은 선집(2009년 8월), 그랑 텍스트 중
     〈크툴루의 부름〉, 〈던위치 호러〉, 〈인스머스의 그림자〉 수록
   · 《러브크래프트 전집 2》
     코스믹 호러를 위주로 모은 선집(2009년 8월), 그랑 텍스트

중 〈우주에서 온 색채〉, 〈어둠 속에서 속삭이는 자〉, 〈시간의 그
림자〉, 〈광기의 산맥〉 수록
· 《러브크래프트 전집 3》
환상소설과 장편을 위주로 모은 선집(2012년 3월)
· 《러브크래프트 전집 4》
류지선과 공역, 그 외 단편 수록(2012년 7월). 그랑 텍스트
중 〈위치 하우스에서의 꿈〉 수록
· 《러브크래프트 전집 5 — 외전》
다른 작가와 공저한 작품들, 청년기 습작 수록(2015년 1월)
· 《러브크래프트 전집 6 — 외전》
러브크래프트와 같은 시기에 작가들 단편/청소년기 습작 수
록(2015년 1월)
(전집에 수록된 제7권 클라크 애슈턴의 걸작선은 러브크래프트의 저
작물이 아니므로 제외함.)

7. 《하워드 필립스 러브크래프트: 크툴루의 부름 외 12편》(김지현
옮김, 현대문학, 2014)
그랑 텍스트 중 〈우주에서 온 색채〉 수록

8. 《공포 문학의 매혹》(홍인수 옮김, 북스피어, 2012)
러브크래프트의 에세이

## 세상에 맞서, 삶에 맞서

**초판 1쇄 발행** | 2021년 4월 23일

**지은이** | 미셸 우엘벡
**옮긴이** | 이채영
**펴낸이** | 이은성
**기 획** | 김경수
**편 집** | 최지은
**디자인** | 최승협
**펴낸곳** | 필로소픽
**주 소** | 서울시 동작구 상도동 206 가동 1층
**전 화** | (02) 883-9774
**팩 스** | (02) 883-3496
**이메일** | philosophik@hanmail.net
**등록번호** | 제379-2006-000010호

ISBN 979-11-5783-212-5  03860

필로소픽은 푸른커뮤니케이션의 출판브랜드입니다.